I0613689

Contraste insuffisant

NF Z 43-120-14

Faillu

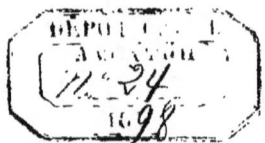

Faillir

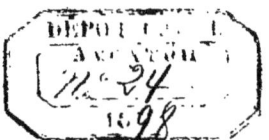

ZIGZAGS EN PROVENCE

SOCIÉTÉ ANONYME D'IMPRIMERIE DE VILLEFRANCHE-DE-ROUERGUE
Jules Bardoux, Directeur.

ZIGZAGS
EN PROVENCE

PAR

Emile FAILLU

DIRECTEUR D'ÉCOLE PUBLIQUE

AVEC NOMBREUSES ILLUSTRATIONS

PARIS

LIBRAIRIE CH. DELAGRAVE

15, RUE SOUFFLOT, 15

1898

LETTRE-PRÉFACE

A Monsieur E. FAILLU.

CHER AMI,

J'ai lu vos **Zigzags en Provence** *et ne puis résister au désir de vous féliciter de cette œuvre très digne d'ê-tre vulgarisée dans la jeunesse des écoles de France.*

Oui, l'on a fini par découvrir que le territoire de notre vieille Gaule renferme des contrées aussi pitto-resques que celles des nations les plus réputées par leurs sites variés !

Heureux certainement ceux qui s'offrent des voyages dans les fiords de Norvège, dans les antiques cités ro-maines, le long des rives moyenâgeuses des fleuves alle-mands ou sur les versants neigeux de l'Helvétie !

Les jeunes gens qui appartiennent à des familles fortunées peuvent passer l'époque des vacances en des tourismes lointains et attrayants, mais fort dispendieux.

Combien sont plus nombreux les écoliers qui doivent se contenter de séjourner dans le cercle restreint de leur ville natale pendant les deux mois de leur congé annuel !

Pour ceux-là, la lecture devient la nécessaire récréation, la saine lecture où le cerveau puise les germes des pensées qui alimentent l'imagination.

De nos jours on exige que le livre apporte aux jeunes gens non seulement l'instruction utilitaire qui est la condition principale de l'existence moderne, mais encore comme un reflet des plaisirs intellectuels. C'est du moins le programme des œuvres complémentaires des cours d'adultes et des cercles d'adolescents qui ont pris depuis quelque temps un essor si digne d'admiration. Sans négliger les applications professionnelles de l'instruction reçue sur les bancs de l'école, les hommes dévoués qui ont fondé partout ces œuvres excellentes s'efforcent d'initier la jeunesse aux joies de l'intelligence.

Après l'enseignement méthodique de l'école, par malheur aride, puisqu'il est fatalement surchargé, il importe de compléter les souvenirs de grammaire par des lectures artistiques, les notions d'histoire par des chroniques où abondent les traits de mœurs et les épisodes. En géographie la nomenclature des lignes de chemin de fer et des chefs-lieux d'arrondissement sera suivie avec fruit par la connaissance des beautés multiples des paysages de France.

Vous êtes, mon cher ami, un des champions les plus ardents de ces œuvres complémentaires de l'école, et c'est au milieu de vos grands élèves du dimanche que je vous ai entendu raconter vos souvenirs de voyage en Provence, cette superbe contrée française; et vos narrations pittoresques m'ont tellement intéressé que je vous ai conseillé de les réunir en un volume qui serait certainement des mieux accueillis par les jeunes lecteurs.

Vos zigzags à travers les vieilles cités gallo-romaines, le long des rives du Rhône et de la Méditerranée, évoquent les souvenances de la conquête de Jules César en Provence, le berceau latin de la Gaule.

Les jeunes gens les liront sans en passer une ligne, sans vouloir quitter le volume avant de l'achever ; et ces zigzags, ils pourraient, à la rigueur, les entreprendre avec un peu de bonne volonté et peu d'argent.

Ce n'est pas, en effet, toujours des voyages fantastiques dans des pays inaccessibles qu'il faut entretenir la jeunesse studieuse, mais des excursions réalisables, des pérégrinations pratiques qui attirent par la facilité et par le charme de leur entreprise.

JULIEN SERMET,

Inspecteur à la Direction des Beaux-Arts.

ZIGZAGS EN PROVENCE

LIVRE PREMIER

Tous les Parisiens connaissent le Jardin des Plantes ; ceux qui en goûtent le charme sont plus rares.
Vieux savants, vétérans décorés et pauvres viennent,
dans le calme des vastes ombrages, réjouir à la gaieté
des parterres et des rondes enfantines leurs regards
lassés. Près d'eux, de jeunes enfants emplissent le frais
jardin de jeux et d'éclats de rire. D'autres, les pauvres
petits conduits par leurs mères dans de lugubres voi-

2

tures d'infirmes, regardent se divertir ceux de leur
âge, et, sans envie, jouissent de leur joie. Car, dans
cette promenade unique à Paris, se rencontre toujours
le même contraste de joies fleuries et de tristesses, et
c'est le double caractère non seulement des promeneurs, mais du jardin lui-même : au pied des troncs
caducs des vieux arbres, toutes les fleurs du printemps;
près des solennels bâtiments de Buffon, les pimpantes
serres de cristal; les grâces bondissantes des gazelles
et des chevrettes après la morne inquiétude des
grands fauves dans leurs cages de fer. Cependant cette
continuelle antithèse n'est point douloureuse. Il s'en
dégage plutôt une sorte de charme intime fait de gaieté
douce et de souffrances calmées.

Aussi le Jardin des Plantes est-il la promenade de
prédilection des rêveurs; ces arbres séculaires, ces
gazons diaprés, prêtèrent aux méditations vagabondes
de bien des poètes le gracieux décor d'un paysage mé-
lancolique et doux. Les jeunes hommes qui préfèrent
aux plaisirs bruyants et vides les joies de la pensée, en
sont les hôtes assidus, et bien des confidences s'échan-
gent, bien des projets d'avenir se forment dans de longues causeries sous les frondaisons de ces futaies.

Par une belle journée de la fin de l'été, deux jeunes
gens, deux amis, causaient avec animation en montant
lentement l'un des frais chemins du Labyrinthe.

Très jeunes tous deux, sortant à peine de l'adoles-
cence, leurs figures pensives, mais éclairées d'un rayon
de gaieté, annonçaient des esprits occupés des choses
de l'intelligence.

L'un d'eux, grand, mince et blond, arborait, non sans quelque vanité secrète, une barbe naissante, soigneusement ébouriffée pour mieux la mettre en valeur.

Son compagnon, de taille moyenne et bien prise, remuant et brun, parlait avec vivacité.

« Eh bien, moi, disait-il, je voudrais voir l'Afrique, le pays des couleurs éclatantes et du soleil sans nuages ; je voudrais admirer la mer bleue sous le ciel bleu, les roches dorées par les rayons et creusées par les flots, tout ce qu'a peint Delacroix et même Horace Vernet! Tout ce qu'a peint Regnault, les mosquées, les vastes plaines chauffées par le soleil, les palmes géantes des arbres...

— Les palmiers, en un mot, répondit Georges en souriant. Ton imagination de peintre veut des palmiers ; moi, humble archéologue, je ne me dérangerai pas pour cela. Ceux du Jardin des Plantes, maintenus par des fils de fer, me suffisent, je l'avoue. Je te l'ai déjà dit, ce qui m'attire, c'est le pays sublime où vécurent les Latins, cette Italie radieuse qui porte les ruines de la force romaine, ces ruines muettes qui, pourtant, redisent tant de choses au voyageur... Tu vois, Léopold, que nous ne pouvons aller dans la même contrée. Tu veux traverser la mer pour peindre, et moi, je ne puis me résoudre à visiter Alger, car personne n'y a retrouvé d'arènes romaines...

— Nous irions à Tebessa... Nous pousserions jusqu'à Carthage.

— Il n'en reste que le souvenir.

— Cependant, nous nous étions bien promis de passer nos vacances ensemble, fit Léopold Suters avec un soupir de regret.

— Nous voilà bacheliers tous deux, nos parents nous autorisent à entreprendre un voyage ensemble... Il faut nous entendre. »

Les deux amis réfléchirent quelques instants. Ils désiraient avec ardeur trouver un terrain de conciliation.

Léopold Suters, qui avait gagné mille francs dans un concours public pour une *Mort de Socrate,* tenait absolument à dépenser cet argent dans un voyage, et du reste son père lui en avait joyeusement accordé la permission.

Il attendait avec impatience le moment de quitter Paris pour voir autre chose que la perspective des longs trottoirs gris ou des hautes maisons de la capitale.

Le père de Georges Lameuze possédait une fortune assez brillante, mais il entendait que son fils travaillât pour vivre.

Aimant les arts, Georges avait rimé des vers, puis il avait cultivé l'histoire, et enfin il s'était passionné pour l'architecture et l'archéologie.

Georges regarda son ami et dit avec un sourire et en caressant nonchalamment sa barbe blonde :

« Je crois que nous allons tomber d'accord. Toi, Léopold, tu veux croquer des sites pittoresques, peindre la belle nature, autre chose que des plats d'épinards et des bords de Seine : j'ai ton affaire ! Moi je désire des ruines romaines authentiques, des théâtres, des amphithéâtres, des arènes, des maisons latines, sans compter les fontaines et les arcs de triomphe. Eh bien, je sais ce qu'il nous faut. — Viens avec moi, c'est dans le même pays que nous trouverons ce que nous demandons, et ce pays est en France.

— En France? fit Léopold en souriant; du côté d'Asnières?

— Non, pas du côté d'Asnières; nous pourrions aller vers l'Allemagne, mais nous n'y trouverions guère de ruines romaines, et encore moins de palmiers. C'est du sud de la France que je parle, c'est de la Provence.

— La Provence? Tu rêves! dit Léopold. Est-ce que tu crois que je vais rencontrer là le désert et le ciel bleu?

— Parfaitement; tu contempleras le ciel bleu et le désert, moins les lions; — mais ce n'est pas le lion que tu cherches, n'est-ce pas?

— Un beau lion ne me déplairait pas sous un bouquet de dattiers.

— Tu lui demanderais la permission de le croquer, en attendant qu'il te rende la pareille? Moi, j'avoue que je ne tiens pas aux fauves, » fit Georges avec un sourire comique à l'adresse de l'enthousiaste Léopold.

On discuta la possibilité du voyage dans le Midi. Georges le vanta : visiter Arles, Marseille, Fréjus, cela lui souriait infiniment.

Il en arrivait à se demander comment il n'y avait pas songé plus tôt.

Léopold n'hésita pas longtemps. Il voulait le désert, et Georges le lui promettait sur l'honneur.

Enfin, ils tombèrent d'accord, et l'on n'eut plus qu'à discuter les conditions du voyage. On repoussa l'idée du transport en bicyclette. Tous deux étaient de parfaits amateurs, et, sans avoir jamais essayé de battre le record de l'heure, ils excellaient à dévorer des kilomètres montés sur leurs machines légères.

Mais ce n'est pas sur les cycles qu'on peut jouir en artistes du coup d'œil des villes curieuses.

Ce qu'ils avaient convenu, c'était un voyage utile, accompli presque tout entier en marchant pour pouvoir s'arrêter aux bons endroits.

On se donna rendez-vous pour le surlendemain 3 septembre à la gare de Lyon, sans autres bagages qu'un sac contenant les objets de première nécessité.

Léopold emporterait ses couleurs et ses crayons, Georges un Guide et son carnet de notes.

Au jour dit, les deux amis étaient réunis dans la grande salle de la gare, vêtus chacun d'une blouse de laine grise, ayant aux pieds de lourds souliers de chasse, sur la tête un casque blanc à double visière, et le sac au dos.

Chacun avait acheté ledit sac à son goût et l'avait rempli à sa façon.

Les voyageurs quittèrent Paris le soir.

Le lendemain ils se réveillèrent à Lyon, mais ils y déjeunèrent rapidement sans s'y arrêter.

Il était convenu que l'on ne descendrait du wagon que dans la zone de l'olivier.

Le train les emportait rapidement vers le but du voyage.

Ils côtoyaient le Rhône roulant avec impétuosité ses eaux jaunâtres. Les prairies et les longs rubans gris des routes poudreuses, les rideaux de lointains peupliers, les verts bouquets de châtaigniers, la masse sombre des bois de hêtres et de chênes, les montagnes bleues de l'horizon, les rivières, les villages, les troupeaux, tout cela passait devant leurs yeux avides avec une rapidité féerique.

Bientôt ils aperçurent Vienne.

« C'est dommage de ne pas s'y arrêter, fit Léopold ; on doit y conserver des souvenirs précieux de l'antiquité ; cela te ferait plaisir.

— En effet, fit Georges, Vienne fut la résidence de plusieurs empereurs romains. On y voit un temple d'Auguste ; mais puisque nous irons à Arles, nous perdrions notre temps ici. Ce temple d'Auguste ne doit pas valoir les merveilles arlésiennes. »

Les amis laissèrent donc de côté Vienne, puis Valence et Montélimar.

Le terrain changeait d'aspect. La verdure devenait plus rare, les rochers plus nombreux. Ils approchaient du but de leur voyage. Georges avait pris les billets pour Orange, la première ville, disait-il, de la zone de l'olivier.

Avant d'atteindre Orange, à la vue d'un coteau exposé au midi, Georges dit à son ami :

« Nous sommes dans notre zone !

— A quoi t'en aperçois-tu ? demanda Léopold en se penchant sur la portière.

— Aux oliviers, parbleu !

— Les oliviers! où donc?

— Mais là-bas, ces petits arbres au flanc de la colline.

— Des oliviers? cela? ces arbrisseaux poussiéreux? fit Léopold; j'avais cru l'olivier plus grand et plus beau! c'est très mesquin!

— Mais attendons la fin, fit Georges, je me propose de te présenter des oliviers dont tes bras ne pourront entourer le tronc. »

Léopold sourit d'un air de doute.

En arrivant du nord, le département de la Vaucluse est, en effet, le premier de France où l'on aperçoit l'olivier. A mesure qu'on avance, les arbrisseaux deviennent des arbres. Ils s'alignent en foule avec leurs feuilles luisantes et allongées, toujours vertes, mais d'un vert foncé au-dessus, blanchâtre au-dessous.

On franchit une rivière à sec, l'Aigues.

Au loin, vers l'orient, on apercevait une haute cime perdue dans une buée violette : c'était le mont Ventoux.

On était au milieu d'une plaine fertile où croissaient en grande quantité des pruniers, des cerisiers et surtout des mûriers.

Tout à coup Georges s'écria : « Orange! nous y sommes! »

Le train passa tout près d'un arc de triomphe.

L'archéologue se précipita vers la portière, mais la vision s'était aussitôt dissipée.

Bientôt les deux amis débarquèrent.

Les maisons modestes à deux étages n'avaient rien

de très original. Les vêtements des habitants n'avaient rien non plus de distinctif.

Il était environ midi. Le soleil dardait ses rayons avec fureur à travers un ciel sans nuage. Les compagnons commencèrent par se rafraîchir. Ce qui les éton-

Orange. — Arc de triomphe, vu de côté.

naît le plus, c'était l'accent des habitants. A l'hôtel où ils s'étaient attablés, ils entendirent autour d'eux plusieurs groupes de gens qui discutaient dans le patois provençal, auquel Georges seulement entendait quelques mots.

« Comprennent-ils le français, au moins? demanda Léopold.

— Tous, répondit Georges ; seulement ils ne le par-
lent pas tous. »

Les touristes allèrent vers les ruines. En haut de la
ville se dressent celles du théâtre. Georges avait hâte
d'admirer ces restes de la domination romaine, le
théâtre surtout, où les lettrés modernes se complaisent
à représenter quelques chefs-d'œuvre.

Le théâtre, situé sur un coteau qui domine la ville,
est construit avec des blocs de pierre dure superposés.

La façade est imposante. La muraille, épaisse de
quatre mètres, est longue de plus de cent mètres et haute
de trente-six. Trois portes carrées la percent.

La partie la mieux conservée est le proscenium,
précisément celle qui fait généralement défaut dans
les autres théâtres parvenus jusqu'à nous. Le proscenium était la partie du théâtre antique où se trouvaient la scène et l'avant-scène réservées aux acteurs
et aux joueurs de flûte.

Georges resta plus d'une heure à contempler tous
les détails de l'édifice. Le moindre débris de marbre,
le moindre fragment de corniche, était pour l'archéologue un sujet de calculs et de suppositions.

« Quel dommage, disait Léopold, que les Barbares
aient détruit les gradins ! »

Lés Barbares commencèrent cette œuvre de dévastation et la poussèrent même assez avant, sans doute,
mais les Français l'ont continuée sans scrupule : les
continuelles guerres des temps mérovingiens et car-
lovingiens ainsi que de l'époque féodale y ont laissé
leurs traces ; au quinzième siècle, les catholiques, dans

un combat contre les protestants, incendièrent la toiture de la scène : cet édifice avait en effet un toit, qui préservait les acteurs des rayons du soleil : chose peu ordinaire dans les théâtres antiques, qui étaient à ciel ouvert.

« Les acteurs avaient bien de la chance! » fit Léopold, qui avait assez vu et que la chaleur excessive rendait de méchante humeur.

Georges continuait à déplorer les destructions successives subies par le monument.

Maurice de Nassau, au dix-septième siècle, avait fait d'Orange une place forte. L'arc de triomphe, ce chef-d'œuvre de sculpture, était transformé en forteresse et s'appelait le « château de l'Arc ». Quant au théâtre, c'était un bastion de la grande citadelle qui dominait cette colline, et que Louis XIV fit raser quand il battit le prince et prit la ville.

Après avoir été une caserne, ce malheureux édifice vit s'élever autour de lui, et dans son enceinte, des maisons de pauvres diables.

Tel chaudronnier possédait dans son atelier un bas-relief qu'il avait pris là, et s'en servait comme de banc; telle écurie était bâtie sur ces dalles de marbre; ces guirlandes, ces corniches, disparaissaient sous le fumier.

Telles qu'elles sont, néanmoins, sous l'éclatant soleil méridional, ces ruines sont d'un très grand effet pittoresque; les hautes et fortes murailles, les robustes pleins cintres des ouvertures, les voûtes des couloirs intérieurs, impressionnèrent vivement nos deux touristes, et l'archéologue Georges n'en finissait pas d'admirer et d'expliquer son admiration :

« Vois-tu tout cela? disait-il, sens-tu l'impression de force invincible qui s'en dégage? Force invincible, mais parfaitement équilibrée, remarque-le : rien n'est lourd ici, rien n'est massif, et pourtant ces ruines ont l'air, en quelque sorte, de quelque chose d'indestructible. Ne ris pas de l'apparente contradiction de ces deux mots : ruines indestructibles; je veux dire que si les hommes n'y avaient mis le fer et le feu, et la sape et la mine, et tous leurs infernaux moyens de destruction, le temps n'aurait rien pu contre cet édifice. Tiens, songe aux arènes de Nîmes, incendiées dans les guerres, prises et reprises d'assaut, et encore assez intactes de nos jours, après dix-huit cents ans, pour recevoir dans leur amphithéâtre des milliers de Nîmois qui viennent y voir tous les dimanches d'été les courses de taureaux, comme leurs ancêtres gallo-romains y venaient pour les combats de gladiateurs et de bêtes féroces. Ah! cette puissance de conception logiquement ordonnée, on la retrouve dans tout ce qui est romain! Oui, c'est le caractère de tout ce que fit la vieille Rome, la dominatrice et la mère de toutes nos nations occidentales.

— Moi, disait Léopold un peu railleur, je préfère que les Provençaux et les autres petits-neveux de la vieille Rome aient un peu démoli ces édifices; ainsi démantelées, ces murailles me paraissent plus belles. Vois les teintes admirables que gardent encore ces pierres rougies par les incendies; admire comme ces murs furent heureusement lézardés pour que ces touf-

Nîmes. — Courses de taureaux dans les arènes.

Nimes. — Courses de taureaux dans les arènes.

fes de giroflée d'un si beau jaune pussent y. être se-
mées par les brises; les beaux chardons qui poussent
aux fentes de ces gradins disjoints! Et comme ils doivent être jolis quand ils fleurissent au printemps, ces
deux grenadiers touffus, poussés il y a quelques siècles, là, à ta droite, au milieu de cette voûte effondrée,
tout exprès pour y prospérer!

— Peintre incorrigible, va! irrespectueux farceur!
fit Georges un peu interloqué.

— Farceur! eh! pourquoi? dis plutôt peintre amou-
reux de la couleur en même temps qu'homme pra-
tique et touriste avisé... Tiens, ce vieux figuier sortant là-bas du milieu des gradins épars, vers les
premiers rangs, à la place qu'occupaient sans doute
autrefois les proconsuls romains et les autorités de
la ville, ne trouves-tu point qu'il a fort heureusement
poussé là pour que les archéologues altérés par leurs
éloquentes tirades, et les peintres accablés sous les
feux de ce diable de soleil, puissent se rafraichir
avec ses énormes figues noires, qui doivent être, j'en
suis convaincu, fondantes à plaisir; tu vas voir, du
reste... »

Et le pétulant Léopold d'enjamber les blocs épars
et d'arriver jusqu'au figuier, dont les branches basses
lui fournirent une abondante cueillette. Les figues
étaient exquises et ce frugal mais délicieux goûter
détourna la conversation et les empêcha de se cha-
mailler davantage.

Georges s'était remis, tout en mangeant ses figues,
à errer au milieu des ruines, et il était occupé à les

considérer de plus belle, quand il pensa subitement à
Léopold qui avait disparu.

Il l'appela. Léopold ne répondit pas.

Un vieux bonhomme de gardien lui dit alors :

« Ah ! ce monsieur est parti depuis plus d'un quart
d'heure ! »

Georges, étonné, quitta le théâtre, se demandant où
était son ami, quand celui-ci se présenta l'air joyeux.

« Je suis allé me mettre à l'ombre, dit-il, j'avais
assez vu le théâtre : voilà ce que j'ai fait pendant ce
temps-là. »

Et il montra un ravissant dessin représentant une
maisonnette devant laquelle un groupe d'enfants prenaient leurs ébats sous de hauts platanes.

« C'est bien ! fit Georges en prenant le carnet, mais
tu aurais mieux fait de dessiner les motifs d'ornement,
les colonnes, les rinceaux, les corniches.

— Comme ce serait drôle ! archéologue endurci,
va ! »

Et tous deux se dirigèrent vers l'arc de triomphe,
qui fut pour Georges un nouveau sujet d'étonnement.

Cet arc de triomphe s'élève dans la campagne, à
quelques pas de la ville. Il est percé d'une grande
arcade et de deux plus petites. Chaque face du rec-
tangle qu'il forme est ornée de bas-reliefs représentant
des batailles, des galeries, des sirènes, des armes, des
prisonniers, des gladiateurs, des fleurs et des fruits.
Tout est d'une exécution exquise.

L'arc de triomphe d'Orange a été édifié pour conserver la mémoire de toutes les victoires que les Romains

remportèrent dans la province où il fut érigé. Étalant
au vainqueur l'image agrandie de brillants faits d'armes, il offrait aux vaincus le souvenir des malheureux
efforts tentés pour soutenir une indépendance qui s'était
brisée contre le bouclier de Rome et le mur d'airain de
sa légion. Chaque victoire y est indiquée enchâssée

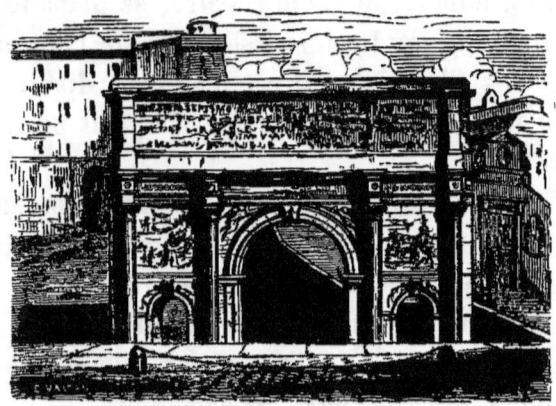

Orange. — Arc de triomphe vu de face.

dans un médaillon ; chaque bataille navale gagnée y a
suspendu son emblème nautique.

Le souvenir du combat que Sextius livra aux Saliens, à l'endroit même où Aix s'éleva, plane au milieu
de ces captifs que la façade orientale nous montre
enchaînés ; des trophées, que surmonte la figure d'un
sanglier, les dominent ; au bout d'une lance se déploie
le *labarum* orné de franges.

Des gladiateurs dessinent leurs attitudes musculai-
res sur la frise, où se voit une tête ceinte d'une auréole
que décorent deux cornes d'abondance ; deux sirènes

4

y recourbent leurs queues écaillées. Ces divers emblèmes semblent se rapporter à la victoire de Sextius : les
Saliens captifs furent, par son ordre, conduits au marché. Dans ces combats que ces gladiateurs se livrent,
dans ces images de fécondité retracée par la corne
d'abondance, dans cette figure d'Apollon attentive au
chant des sirènes, Rome a voulu représenter les jeux
et les arts qui consolaient les nations vaincues. Sur la
face occidentale, on a multiplié les trophées et les captifs : une pierre s'en détacha, il y a longtemps ; sur cette
pierre se lisait *Teutobochus* : c'était le nom du roi teuton tombé au pouvoir de Marius. C'est donc ici la page
triomphale du vainqueur des Teutons qui continue,
plus significative encore, sur la façade méridionale ; les
figures et les ornements y sont prodigués, des épées et
des boucliers ; le nom de Marius se lisait autrefois sur la
frise, où des gladiateurs combattent encore ; des navires, des mâts, des rames, un trident, des ancres, des cordages, sont sculptés sur les extrémités du tympan ; tous
ces ornements sont dominés par le buste d'une femme
qui appuie sa main gauche sur le visage, et étend la
main droite ; une draperie légère la couvre et vient flotter au-dessus de sa tête ; près d'elle un guerrier couvert
d'une armure presse un cheval ; au milieu de la façade
éclate l'image d'une bataille ; des chevaux s'agitent au
sein de l'immense mêlée ; des lances, des épées s'y entre-
choquent ; des soldats morts ou mourants, des coursiers
renversés, couvrent le sol. C'est là la seconde bataille
de Marius ; la cavalerie de Marcellus la décida ; aussi
l'arc triomphal étale-t-il des combattants à cheval.

Auprès de Marius se dessine la tête de cette prophé-
tesse qui le suivait à la guerre.

On pourrait ajouter que les emblèmes nautiques se
rapportent aux gigantesques travaux ordonnés par ce
grand homme pour rendre le Rhône navigable : le
vieux fleuve y semble peint sous les traits d'un dieu
qui, portant une longue barbe, se voit au-dessous de
ces instruments maritimes; peut-être aussi a-t-on voulu
fixer par là le souvenir de la victoire navale que Brutus
remporta sur les vaisseaux marseillais.

La façade septentrionale reproduit presque les mêmes
figures et les mêmes ornements que l'autre; cependant
la scène n'est animée ni par des gladiateurs ni par des
combattants ; des trophées, des débris de vaisseaux y
sont amoncelés; on voit au-dessus du tympan le tableau
d'une escarmouche à pied et à cheval; à côté, une pa-
tère et un bâton augural, images des sacrifices qui suivaient le gain d'une bataille.

Ce monument, où les premiers combats des Romains
dans la Gaule se trouvaient retracés, était donc, pour
ainsi dire, le signe imposant de la prise de possession
d'un pays.

Une mesquine colonne, comme le font les peuples
modernes, n'aurait pas suffi à l'orgueil de Rome pour
attester sa domination nouvelle; elle l'annonçait avec
une pompe architecturale digne d'elle et de ses mira-
culeuses destinées.

Pendant que son ami admirait ce monument splendide, Léopold crayonnait le seconde page de son
album.

« Tiens, dit-il à Georges, regarde si les ruines ne
m'intéressent pas? »

Et il lui montra une esquisse de l'arc de triomphe
se détachant dans la campagne.

« C'est tout ce que nous avons à voir ici, reprit
Georges; si tu m'en crois, nous allons partir maintenant
pour Avignon, où nous arriverons avant le coucher du
soleil, par le train qui passe ici dans une heure. »

On prit donc le chemin de la gare et l'on remonta
en wagon.

Georges était enchanté du commencement de son
voyage. Léopold n'était encore qu'à demi satisfait.

« Ton tour viendra; tu auras ton désert, ta mer bleue
et tes forêts superbes! » lui dit son compagnon.

On passa devant une petite ville : Bédarrides, dont
on ne pouvait distinguer, à cause de la rapidité du
train, que quelques toits neufs de briques rouges tran-
chant sur la masse sombre des vieilles maisons et les
cimes de quelques vieux platanes.

Dans la campagne, quand on rencontrait une maison, on constatait généralement qu'une haie de cyprès
cachait la moitié de l'habitation.

« Voilà une drôle de coutume, fit observer Léopold;
toutes ces demeures ont l'air, avec ces cyprès, d'être
des dernières demeures.

— C'est pour les garantir du mistral, répondit
Georges.

— Le mistral! c'est donc si violent qu'on le dit?
J'avais toujours cru que c'était une bonne plaisanterie
des Méridionaux.

— Une plaisanterie ! Tiens, regarde ! nous sommes ici dans le grand courant du mistral qui vient du mont Ventoux et se dirige vers la mer. Eh bien, regarde ces pins.

— Quels pins ? ceux qui sont courbés ?

— Ils sont courbés dans le même sens, tu le vois. Eh bien, c'est le mistral qui leur a donné ce mauvais pli. Depuis leur enfance il les a habitués à lui faire ainsi la courbette, et maintenant c'en est fait, ils sont bossus ! »

On arrivait à Avignon.

AVIGNON

« Ici, dit Georges, ce n'est pas l'antiquité, c'est le moyen âge ! »

Et tous deux, le sac au dos, le bâton à la main, quittèrent la gare et entrèrent dans la ville. Mais, avant d'y pénétrer, ils s'arrêtèrent en vue des remparts.

D'épaisses murailles flanquées de tours étaient percées de créneaux, dotées de courtines et de mâchicoulis.

C'est un des plus beaux spécimens de fortifications du quatorzième siècle.

« Cela commence bien, s'écria Georges. Si tout est à l'avenant, nous verrons des choses curieuses.

— Oui, nous en verrons, répondit Léopold, mais le soleil est couché, et j'avoue humblement que je me plairais à l'imiter. Si nous commencions, en fait de monuments, à nous enquérir d'une auberge ? »

Cette proposition ne rencontra pas d'opposition ; les deux amis allèrent dîner et demandèrent des lits dans un hôtel. Leur gîte portait un nom qui intrigua Léopold : Hôtel de l'Azerole.

« Qu'est-ce que cela, l'azerole ? demanda-t-il le lendemain.

— C'est un fruit, répondit Georges, et quand nous en rencontrerons, je te le désignerai.

— Est-ce bon?

— Excellent! une sorte de petite‚pomme au goût aigrelet qu'on trouve ici, en Provence, peuplant de jolis arbustes de ses innombrables bataillons rouges. »

Les deux compagnons, debout de bon matin, tout en causant, visitèrent la ville.

Elle n'a véritablement rien de bien extraordinaire.

Les rues, pavées de pierres inégales, sont assez fréquentées dans le centre, mais peu originales.

Tout à coup, au tournant d'une ruelle, surgit devant les voyageurs une masse imposante, formidable.

C'était le palais des papes.

Ce prodigieux monument a l'aspect d'une forteresse. Les murs énormes et sombres sont surmontés de tours altières, et les meurtrières y font des taches noires. Cette ancienne résidence des chefs de l'Église semble l'antique habitation de quelque puissant guerrier féodal. C'est grand et terrible, cela est admirable et donne le frisson.

Léopold demanda des explications à Georges, qui, grâce à ses profondes études historiques, raconta ceci :

C'est le pape Clément V, au commencement du quatorzième siècle, qui, voyant s'exterminer tous les peuples d'Italie, craignit pour sa sûreté et s'en vint à Avignon, qui déjà était muni de remparts. Il y transporta le trône pontifical.

Les papes suivants restèrent dans la ville et y cons-

truisirent ce palais pour s'y loger et pour s'y défendre
au besoin.

Un d'eux même acheta Avignon, qui, dès lors, devint
la propriété du Saint-Siège, comme l'était déjà ce
château.

Jusqu'à la Révolution, Avignon resta aux papes, qui,
même retournés à Rome, faisaient gouverner la ville
par un légat.

Tout le clergé s'y donnait rendez-vous, et les chapelles, les couvents, les églises, y étaient en si grand
nombre qu'on entendait tout le jour le son des cloches.

Les amis regardaient les puissantes tours du palais,
quand Georges, s'arrêtant devant l'une d'elles, un peu
moins élevée que les autres, dit à son compagnon :

« Cette tour s'appelle la tour de la Glacière. Elle a
son histoire. C'est là que Jourdan Coupe-Tête, dans son
ardeur à punir les royalistes qui avaient tué un habitant de la ville, fit mourir plusieurs suspects, dont il
ordonna de jeter les cadavres au fond de cette cour.
On dit que quelques-uns de ces malheureux respiraient
encore, mais que Jourdan se hâta de recouvrir de
chaux vive tous les corps, afin de ne plus entendre de
gémissements. Ceci se passait sous la Terreur révolu-
tionnaire. La réaction fut tout aussi impitoyable, et
pendant la Terreur blanche, le sang coula de nouveau
sous les murs de ce château.

— Ton histoire est lugubre, fit Léopold en sortant
son carnet. Eh bien, je vais la croquer, cette fameuse
tour aux sombres souvenirs. »

Et il se mit à dessiner, assis sur une borne.

Avignon. — Le château des Papes.

Aviguon. — Le château des Papes.

Georges continua seul sa visite, enthousiasmé du monument. Il ne s'attendait pas à rencontrer une construction si complète et l'examinait jusque dans ses moindres détails. Il alla contempler les oubliettes.

Cependant un homme d'un certain âge et de mise sévère s'était avancé vers Léopold.

Il le regardait travailler.

Sur la feuille blanche, la forme de la tour s'accusait déjà, les hautes fenêtres apparaissaient, trouant la pierre grise, les ombres mettaient les objets à leur plan, leur donnaient du relief.

L'homme placé derrière l'artiste suivait le travail avec une attention soutenue.

« Pardon, jeune homme ! fit-il enfin, avez-vous l'intention de conserver ce dessin ? »

Léopold se leva étonné.

« Mais oui, Monsieur.

— Vous ne voudriez pas vous en séparer? »

Léopold, embarrassé, ne répondit point.

« Monsieur, continua le nouveau venu, je dois vous dire que je collectionne volontiers les souvenirs qui ont rapport à l'histoire de cette ville. Votre dessin me plaît. Il donne avec une parfaite exactitude l'impression du monument. Il me séduit, vous dis-je, et je vous en adresse tous mes compliments. Voulez-vous me le vendre? »

Léopold fit un mouvement :

« Ma foi, je pourrai le recommencer, et si vous y tenez, le voilà. Permettez-moi de vous l'offrir. »

Le vieillard murmura :

« Ils sont tous les mêmes! » Et plus haut : « Puisque je veux vous l'acheter! Cela est loin d'être sans
valeur, » dit-il en continuant l'examen du dessin.

Léopold eut un sourire :

« Cela vaut peu de chose ! »

Le vieillard déchira la feuille de l'album et la rem-
plaça par un papier qu'il tira de son portefeuille, puis
il se retira en disant :

« Adieu, jeune ami ! »

Léopold était stupéfait de l'étrange manière d'agir
de cet inconnu, et il s'apprêtait à rouvrir l'album
quand Georges revint, et l'aborda en souriant.

« Et ce dessin? demanda-t-il; je le réclame. »

Léopold ouvrit son album. A la page déchirée se
trouvait un billet de banque.

« Comment, cinq cents francs ! » s'écria-t-il.

A son tour, Georges fut surpris, et Léopold lui raconta l'aventure.

« C'est un fou! dit Georges.

— Comment! mais pas le moins du monde, c'est un
homme qui apprécie les qualités de mon dessin, reprit,
tout heureux, le dessinateur.

— Quoi qu'il en soit, c'est surprenant! »

Ils demandèrent à un gardien s'il connaissait l'homme
dont Léopold décrivit la mise.

« Ah! je sais qui vous voulez dire; c'est un monsieur qui n'habite pas la ville, mais qui y vient souvent.
Chaque fois qu'il passe devant un malheureux il lui
donne une pièce blanche; on l'appelle le Bienfaiteur.
La dernière fois qu'il est venu, pendant les inonda-

Château de Cavaillon (château de Pétrarque).

tions, il a donné cinq mille francs au maire pour les
pauvres.

— Eh bien, c'est très beau de sa part d'avoir voulu
encourager un jeune rapin, fit Georges ; notre bourse
se gonfle, tant mieux.

— Ah ! si je pouvais vendre encore un dessin comme
j'ai vendu celui-là, nous aurions de l'or pour aller jusqu'à Naples !... »

Léopold rechercha vainement par les rues de la ville
son généreux acheteur, afin de lui exprimer sa recon-
naissance ; mais il ne parvint pas à le rejoindre et jamais
ne le revit.

Tout en marchant, les voyageurs se trouvèrent au
bord du Rhône.

« Voilà le pont d'Avignon ! fit Georges. C'est là qu'on
danse tout en rond...

« Mais lorsqu'il n'y a point de mistral. Ce pont est un
curieux monument. Il remonte au deuxième siècle ;
malheureusement, il n'est pas conservé dans toute sa
longueur. C'est un simple berger nommé Bénédet qui
en conçut l'idée, exécutée après onze ans de travaux. »

En retournant dans la ville, Léopold se fit montrer
la maison où était né Joseph Vernet ; mais il ne put
découvrir celle où le peintre Mignard a vu le jour.

La visite au musée fut des plus intéressantes.

Des médailles du Comtat, des princes d'Orange, du
Dauphiné, de la Provence, de Rome et même de Grèce
garnissent de nombreuses vitrines.

On y voit des inscriptions de toutes les époques, en
tous les caractères et même en signes inconnus.

Léopold, parmi les peintures, remarqua un joli paysage de Corot, un bord de l'eau de Daubigny, une belle esquisse de David représentant la mort de Barra. Des toiles de Géricault, Hobbéma, Vernet, Mignard, Largillière, Granet, Antigna, Berghem, etc.

Georges eut toutes les peines du monde à arracher son ami à la contemplation de ces œuvres plus ou moins remarquables. Il fallut lui promettre la vue d'une *Naissance du Christ* de Mignard, située dans l'église de l'Oratoire ; mais ce tableau, qui n'est, du reste, pas un chef-d'œuvre, n'enthousiasma pas notre peintre.

Avant de quitter l'ancienne ville des papes, nos compagnons allèrent rendre visite à la pittoresque cité de Villeneuve-lez-Avignon.

L'aspect de cette ville est absolument original. On dirait de loin une forteresse du douzième siècle telle qu'elle devait exister à cette époque.

Sur un rocher grisâtre, au pied d'une colline calcaire, se dressent les tourelles et les créneaux menaçants d'un château fort transformé depuis en couvent.

Avant d'atteindre ce monastère, on passe devant d'imposantes ruines où Léopold prétendit avoir découvert des fresques.

Il était déjà fier de sa trouvaille, quand un habitant de la ville lui dit que ce n'était un mystère pour personne, qu'en effet le peintre Simonet de Lyon avait orné les murs de plusieurs fresques, malheureusement très maltraitées par le temps.

Ce qui surprit Georges, ce fut les formes anciennes des maisons. Dans un quartier à l'ouest de la ville, il remarqua des habitations dont l'architecture accusait au moins quatre siècles d'existence.

Les amis étaient ravis de leur visite.

La vieille tour de Philippe le Bel, qui s'élève au bord du Rhône et qui devait faire partie d'une massive construction de défense, enchanta particulièrement notre artiste lui-même, qui commença à avouer à Georges son admiration pour tous les débris de l'antiquité et du moyen âge debout sous le ciel pur de la Provence.

Tous deux quittèrent par un beau matin la capitale de l'ancien Comtat, enchantés du début de leur voyage. Comme ils n'avaient pas eu à subir le mistral et qu'ils s'étaient réjouis, ils n'étaient point de l'avis du proverbe qui dit :

> Avenio ventosa,
> Sine vento venenosa,
> Cum vento fastidiosa ;

ce qui signifie : « Avignon en butte à tous les vents, empoisonnée quand il n'y a pas de vent, insupportable quand il fait du vent. »

Cette fois ils allèrent pédestrement, le sac au dos, bravant les rayons du soleil, escaladant les rochers à l'aide de leurs bâtons ferrés, toujours contents.

Ils ne tardèrent pas à rencontrer un pont magnifique.

En l'apercevant, Léopold s'écria :

« Comment! encore le Rhône? mais nous lui tournons le dos!

— Il n'y a pas que le Rhône qui coule en France, répondit Georges, ce doit être la Durance ! »

6

Et ils allèrent vers le pont.

Grand fut leur étonnement. Ce pont était jeté sur une rivière presque entièrement à sec. Un ruisselet d'un mètre de large promenait ses sinuosités indécises entre les amas de sable séchés et blanchis par l'ardeur du soleil.

Après avoir dépassé le petit village de Rognonas, ils déjeunèrent à l'abri d'un pin magnifique avec les provisions apportées dans leurs sacs.

Le soir ils arrivèrent à Tarascon. Dans le crépuscule, ils virent se dresser encore les tours élevées d'un château. Mais ils étaient trop fatigués de leur première journée de marche pour visiter quoi que ce fût. Ils entrèrent dans une hôtellerie située sur la « Chaussée », qui est une fort jolie promenade, et se hâtèrent de prendre un repas frugal et d'aller se reposer.

TARASCON

Ils ne restèrent qu'une matinée à Tarascon.

Ils admirèrent le vieux château, d'un beau style, bâti par le roi René. Ils se promenèrent aussi sur le magnifique pont suspendu qui relie Tarascon à Beaucaire, le département des Bouches-du-Rhône au département du Gard, l'ancienne Provence au vieux Languedoc. Ils avaient hâte d'arriver à Arles le jour même, et ne franchirent pas le Rhône pour visiter la ville de Beaucaire, célèbre par son antique foire, qui, jadis, donnait lieu tous les ans à un important commerce entre des marchands venus de France, d'Italie, d'Espagne et même d'Afrique et d'Orient; depuis que la vapeur a rapproché les distances, les foires ont perdu de leur importance : celle de Beaucaire ne donne plus lieu qu'à un trafic restreint entre les marchands du département. Depuis dix ans surtout il n'est plus question de ce fameux marché, et la ville de Beaucaire a considérablement souffert elle-même de cette déchéance.

Avant de quitter Tarascon, les voyageurs obtinrent l'autorisation de monter sur la tour du château, qui est transformé en prison depuis longtemps.

Le spectacle était splendide.

Vers le couchant la plaine s'étendait au loin, coupée par le Rhône au large lit que traversent deux ponts hardiment jetés.

A l'orient se profilait la chaîne dentelée des Alpines, dont les plus proches pointaient leurs crêtes d'un mauve tendre semé de taches grises, tandis que les plus éloignées se perdaient dans une atmosphère bleue.

C'est sur un plateau voisin de ces montagnes que, suivant la tradition, Marius, le célèbre consul romain, le vainqueur des Cimbres et des Teutons, aurait établi un camp. Plusieurs armes romaines trouvées en cet endroit et différentes inscriptions font supposer que là était aussi l'emplacement de la ville d'Ernaginum.

Le voyage de Tarascon à Arles fut très original grâce à Georges. Il eut l'idée de demander à un batelier de faire descendre le Rhône à lui et à son compagnon jusqu'à l'antique Arelas.

Le fleuve impétueux emporta rapidement l'embarcation, qui, du reste, avait sa voile gonflée par un bon vent.

On déjeuna dans le bateau.

Léopold voulut faire parler le batelier pour lui demander quelques renseignements; mais ce brave homme ne cessait de répondre avec fougue : « Rien ne vaut le pont de Tarascon! » Il disait cela avec une conviction comique qui indiquait suffisamment qu'on était dans le Midi.

A plusieurs reprises, il s'étonna que les jeunes gens allassent à Arles, « qui ne valait pas Tarascon ».

Georges lui dit, souriant avec calme, qu'il se rendait à Arles pour y querir de nombreux saucissons.

A ces paroles, le batelier eut des regards stupéfaits, puis il reprit :

« Alors, il faut retourner à Tarascon !

— Comment, à Tarascon? mais je veux du saucisson d'Arles !

— On n'en fait pas à Arles, dit l'homme, tous ceux que vous avez pu manger viennent de Tarascon. »

Le batelier, en effet, n'avait pas complètement tort, et, pour cette fois, il était juste que son orgueil de clocher fût satisfait.

En passant près d'un îlot où poussent des joncs, l'homme montra une prairie entourée d'ormes séculaires :

« C'est le mas ! » dit-il.

Qu'est-ce que le mas?

Aux explications du bonhomme données moitié en patois, moitié en mauvais français, Georges comprit que c'était là l'endroit où le corps du maréchal Brune, assassiné à Avignon et jeté dans le Rhône, avait été retrouvé.

Enfin le fleuve s'élargit de plus en plus, et bientôt une pointe s'avança, le coupant en deux parties.

C'était la Camargue.

Vers la droite s'échappait le Petit Rhône ; vers la gauche, beaucoup plus large, le Vieux Rhône : c'est dans le grand bras que s'engagea le bateau.

On approchait d'Arles, dont les toitures se dessinaient déjà dans une courbe lointaine du fleuve.

Léopold avait pris au moins vingt croquis pendant le trajet; et la fertile plaine qu'il avait traversée, les bords feuillus du fleuve, les lointains pics aux formes bizarres, tout cela lui avait fourni plus de sujets qu'il n'en désirait.

ARLES

Le soleil était à son déclin lorsque les amis passèrent sous le pont de Trinquetaille, auprès duquel ils débarquèrent.

Les vastes quais paraissaient ceux d'une ville importante, mais il sembla aux amis qu'ils étaient singulièrement déserts. Tous deux s'engagèrent immédiatement dans une rue assez régulière, mais tortueuse et peu large. C'était pourtant une des principales de la ville. Peu fréquentée, cette rue n'avait pas de trottoirs; et du reste à quoi auraient-ils servi? On n'apercevait pas la moindre voiture. Des magasins attiraient les regards par leur aspect mesquin. Le pavé était mauvais, avec ses pierres roulées de la Crau qui fatiguent les piétons.

De plus, il régnait partout une tristesse de nécropole.

« Cela n'a pas l'air gai, hasarda Léopold, nous sommes peut-être aux Alyscamps !

— Attends, répondit Georges, nous ne sommes pas venus pour voir des villes gaies, mais intéressantes ! En vérité, crois-tu que l'amphithéâtre, qui est un des mieux conservés et des plus curieux, doive être gai?

— Non, fit Léopold, mais la ville pourrait avoir un air plus vivant; je ne m'en plaindrais pas. »

Mais tout à coup Georges s'arrêta pour regarder une maison dont la porte ouvrait entre deux colonnes surmontées d'un fronton.

Léopold l'appela, mais il ne bougea pas.

Il était en extase.

Quoi! c'est un particulier qui a cette maison-là! du pur antique! de purs chapiteaux corinthiens! et d'un goût exquis! Mais ce devrait être dans un musée?.

Georges apprit bientôt que cette demeure n'était pas la seule qui fût bâtie avec des matériaux antiques, et que presque toutes, à l'intérieur ou à l'extérieur, possédaient quelque pierre ou quelque ornementation de l'ancienne *Arelas*.

En effet, plus loin, sur différentes maisons, Georges remarqua des fragments de colonnes romaines.

« Cela ne m'étonne plus que la ville soit si tranquille : nous sommes dans un véritable musée! »

Georges avait raison. Arles est un musée.

On dit qu'*Arelas* était bâtie au bord du Rhône avant que les Phocéens eussent fondé Marseille.

A cette époque reculée elle aurait été plus florissante, grâce à son port, qui était alors un véritable port de mer situé à l'embouchure du Rhône. Ce port est aujourd'hui fort loin de la mer; il en est séparé par toute la longueur de la Camargue, sorte d'île formée entre les bras du Rhône et la Méditerranée par le sable et les limons charriés par le fleuve. Ce delta de la Camargue augmente ainsi tous les ans insensiblement, et la

Arles. — Les Arènes.

Arles. — Les Arènes.

côte empiète peu à peu sur les flots ; la terre augmente,
la mer recule, si bien que, de siècle en siècle, Arles
s'est vue de plus en plus éloignée de la mer, de plus
en plus enfoncée dans les terres. C'est que le Rhône
n'est pas un fleuve clair coulant paisiblement. Ce ter-
rible cours d'eau charrie sans cesse dans ses flots violents des quantités de graviers arrachés aux Alpes
suisses, à la terre française ; non seulement la côte
s'en trouve augmentée tous les ans, mais encore le
courant furieux entraîne jusque dans la mer des sables
qui s'en vont, à travers les vagues du golfe du Lion,
combler tous les ports de la côte française : Cette,
Agde, Port-Vendres, etc., qu'il faut draguer tous les
ans, sous peine de les voir ensablés à bref délai.

C'est de l'époque romaine que date la splendeur
d'Arles. Elle rivalisait avec Marseille sous la dictature
de César.

A la ville commerçante, dont les galères allèrent
chercher en Italie les richesses qu'elle répandait dans
les Gaules, la domination romaine ajouta les arts.
Elle fut dotée de magnifiques monuments. Malheureusement les invasions successives des Goths, des
Francs et des Sarrasins bouleversèrent et ruinèrent
la ville splendide qu'on appelait auparavant la petite
Rome gauloise.

Au neuvième siècle, Arles était la capitale d'un
royaume. Mais trois cents ans plus tard elle s'érigeait
en république avec les traditions romaines.

La petite république put, avec sa flottille, entreprendre des relations commerciales avec les républiques

génoise et vénitienne. Mais elle fut subjuguée au milieu du treizième siècle par Charles d'Anjou.

Depuis 1482, Arles appartient à la France.

Actuellement son commerce est encore très important ; son aspect, cependant si tranquille, avait bien
lieu d'étonner un peu les deux voyageurs.

Ils entrèrent dans un hôtel fort convenable.

A table, ils furent servis par une jeune femme qui
portait la coiffure du pays, comme les trois quarts des
habitantes de la ville.

Ils avaient déjà remarqué à Tarascon cette originale
coiffure, bien qu'elle y soit moins fréquente.

Elle consiste en un ruban noir entourant, en même
temps qu'un morceau de dentelle ou de tulle blanc, un
petit chignon placé sur le sommet de la tête.

Ce qui étonna les amis à ce repas, ce fut de trouver
derrière le menu cette exhortation : « Visitez l'amphithéâtre, le théâtre, l'aqueduc, l'obélisque, Saint-
Throphime et les catacombes. »

« Pas ce soir, fit Georges.

— Non, mais demain de grand matin, » répondit
Léopold.

Georges parla d'aller cependant faire une promenade
par la vieille cité ce soir-là.

Ils sortirent donc vers neuf heures.

La ville était éclairée au gaz dans beaucoup de rues,
mais avec une parcimonie remarquable.

Toutes les rues étaient désertes.

Ils allèrent jusqu'à certaine grande allée qu'on appelle le boulevard de la Lice, et entrèrent dans un café.

Il était plein de monde.

On discutait à toutes les tables avec une ardeur peu commune.

C'est que dans tous ces pays on s'occupe activement de la chose publique. Chaque café contient un cercle, et l'on se réunit au cercle tous les soirs.

Oh ! il y a loin de ces cercles-là à ceux dont pourrait se faire idée un Parisien !

Là, point de baccara, point de jeu. On n'y vient pas pour gagner de l'argent, mais pour causer entre amis. On boit peu, généralement, mais on fume beaucoup. Pas de luxe d'ailleurs. Pendant ce temps, les femmes restent au logis. C'est la tradition romaine qui a persisté et que n'a pas troublée l'élément sarrasin introduit dans ces populations.

Après avoir vu l'animation de ces braves gens discutant leurs intérêts et s'intéressant à l'avenir de leur pays, les deux amis regagnèrent leur hôtel non sans peine, car ils s'égarèrent dans un dédale de rues étroites ; mais ils finirent par s'y reconnaître et rentrèrent pour dormir tranquilles.

Le lendemain matin, ainsi qu'il était convenu, on se rendit aux arènes.

Le coup d'œil émerveilla les amis.

De tous les amphithéâtres retrouvés en France, celui d'Arles est le plus beau et le plus grand. Son aspect est semblable à celui du Colisée. Son axe, du nord au midi, est de cent quarante mètres. Il comptait plus de douze mille mètres de gradins et pouvait contenir au moins vingt-six mille spectateurs.

Une inscription apprend qu'un triumvir de la colonie, nommé Caïus Priscus, donna une somme très importante pour réparer l'amphithéâtre, au deuxième siècle.

Il est dommage qu'un nouveau Priscus ne vienne pas faire pareille largesse, car ce magnifique monument mériterait qu'on le restaurât complètement. Après avoir souffert des invasions, il fut transformé en forteresse par les chrétiens au moyen âge, et il lui reste encore trois tours carrées dont il fut flanqué à cette époque. Ensuite des malheureux élurent domicile dans ces arènes, s'installant sur les antiques gradins, où ils construisirent des maisonnettes, détériorant les pierres, les creusant et même les transportant ailleurs.

Il est étonnant que le monument soit resté debout après de si rudes épreuves.

D'une des trois tours où l'on peut monter, le coup d'œil est féerique.

Au bas de la colline, le Rhône baignant la ville ; à l'est, la plaine verdoyante de la Crau défrichée, avec son horizon de montagnes bleues ; au nord, le spectacle est merveilleux : le Rhône, coupé par la Camargue, se sépare en deux branches. A perte de vue s'étendent les cailloux sombres d'une plaine uniforme : c'est la Crau stérile, c'est le désert. Entre les deux bras fertilisants, le fleuve protège la haute Camargue aux riches plantations.

Léopold ne manqua pas de prendre le croquis de ce panorama splendide.

Et Georges, lui désignant la Crau stérile au loin, lui dit :

« Il est là-bas, le désert que je t'ai promis. »

Un gardien développait avec soin de fantaisistes aperçus sur l'histoire du monument, montrait la place du César ou du consul, les gradins des patriciens, ceux des chevaliers, ceux de la multitude. Il prétendait aussi montrer un passage réservé aux fauves.

Les amis passèrent toute leur matinée à admirer la splendide construction. Tantôt cachés sous les massives galeries bâties avec d'énormes blocs de pierres, tantôt se promenant dans les souterrains qui jadis étaient probablement de plain-pied avec l'entrée, ils ne pouvaient se lasser d'admirer la majesté de ces ruines qui évoquaient le vieux monde romain et proclamaient sa puissance. Il fallut cependant les quitter pour se rendre au théâtre antique.

Depuis le commencement du voyage, le ciel ne cessait d'être pur, le soleil chauffait le sol, et tout faisait présager une longue suite de beaux jours.

L'ardeur du soleil aurait même pu incommoder nos amis, s'ils n'avaient été garantis par leurs impénétrables chapeaux de toile et de liège. Du reste, on avait laissé les sacs à l'hôtel, et l'on marchait sans encombre le bâton à la main.

La vue du théâtre, pour nos voyageurs qui avaient eu le loisir de visiter celui d'Orange, ne fut pas un sujet d'étonnement.

Ce qui les aurait étonnés plutôt, c'était de constater dans cet édifice des dégâts si considérables, alors que l'amphithéâtre avait été si bien conservé.

La cause en est facile à comprendre.

Les pierres des gradins tentèrent médiocrement les gens. C'est à peine si l'on en détacha quelques-unes pour construire des maisons : mais c'était une tout autre chose, un théâtre rempli de colonnes de marbre et d'onyx. Les chrétiens qui bâtirent des églises recoururent pour les orner aux richesses païennes ; et la promenade matinale que nos touristes avaient faite dans les rues de la ville leur avait montré que les habitants eux-mêmes avaient enlevé aux monuments romains bien des sculptures pour orner leurs maisons.

Ce théâtre, qui s'éleva au deuxième siècle, fut transformé pendant la Renaissance, alors qu'il était en partie détruit, en un couvent de femmes ; les religieuses l'abandonnèrent à l'époque de la Révolution. On démolit ce couvent, et on anéantit en même temps les restes précieux du théâtre.

On ne voit plus aujourd'hui que les premiers rangs des gradins, deux grandes portes délabrées, quelques voûtes, des couloirs, et surtout deux colonnes surmontées de leur entablement et qui adhéraient au mur de la scène, dont on aperçoit des vestiges. Ces colonnes se dressent hardiment au milieu des ruines et donnent à penser qu'un grand luxe était déployé dans ce théâtre ; car l'une est en onyx d'Afrique richement veiné, l'autre en marbre blanc. On aperçoit la base de plusieurs autres fûts semblables. On estime que quinze mille spectateurs pouvaient prendre place dans ce monument.

C'est là qu'on a découvert, enfoui sous les décombres, le chef-d'œuvre de la statuaire connu sous le nom de la *Vénus d'Arles,* que tout le monde peut voir au musée du Louvre.

Pendant tout le temps du déjeuner on ne parla que des arènes, des fouilles à opérer, et des richesses qu'on pourrait encore découvrir.

Pendant ce repas, à la table voisine, un étranger écoutait en souriant les touristes.

C'était un homme d'une cinquantaine d'années, à l'air avenant.

Georges prétendait que la ville ne contenait aucune forteresse romaine, Léopold assurait qu'il devait en exister une.

Comme ils discutaient vivement, l'étranger leur dit, en se tournant vers eux :

« Permettez-moi de vous donner mon opinion, jeunes gens, et je crois que je vous mettrai à peu près d'accord.

— Volontiers, répondit Georges.

— Eh bien, vous, Monsieur, qui prétendez qu'il existe une forteresse romaine dans cette ville, vous n'avez pas tout à fait tort ; il y a ici des restes de remparts romains, mais ils ne faisaient partie d'aucune forteresse. Vous, Monsieur, dit-il en s'adressant à Georges, vous aviez donc presque raison. »

Les jeunes gens remercièrent beaucoup leur interlocuteur des renseignements qu'il leur fournissait, et résolurent d'aller visiter aussitôt après le dessert ces fameux remparts.

Ces fortifications, du troisième siècle sans doute, ont bravé les années et subsistent encore en assez bon état. Une grosse tour ruinée gardait une porte dont on aperçoit encore très bien la partie inférieure.

Mais cela n'était pas d'une haute curiosité; les amis allèrent à l'antique nécropole connue sous le nom d'A-lyscamps, qui est la traduction provençale du latin *Elysei campi*, Champs Élysées. On sait que les anciens désignaient sous ce nom le séjour des âmes des morts.

Ces Champs Élysées contenaient les tombeaux des anciennes familles d'Arles au temps de la domination romaine, et les chrétiens eux-mêmes en firent un cimetière. On détruisit l'autel latin et l'on construisit des chapelles. Dès lors, les catholiques se firent enterrer dans l'ancienne terre païenne.

Le cimetière d'Arles eut une grande réputation, c'était une terre sainte.

Une légende disait que Satan n'avait aucun pouvoir sur les personnes qui y trouvaient leur demeure dernière.

Il était de grand ton pour une famille noble d'y faire porter un de ses membres décédés. Ceux du Nord confiaient le cadavre à une nacelle funéraire que le courant poussait jusqu'à la Camargue. Au nord du delta, un moine batelier s'emparait du cercueil et l'amenait jusqu'à Arles, où il remettait le cadavre aux autorités ecclésiastiques qui se chargeaient des funérailles aux Alyscamps. Les parents du défunt avaient soin de clouer dans une bourse, sur le couvercle de la bière, une somme d'argent qui servait à payer la cérémonie. C'est ce que l'on appelait le « droit de mortillage ».

Mais la nécropole arlésienne perdit peu à peu sa

réputation. A l'époque où Charles-Quint se faisait cou-
ronner roi d'Arles, les gens de la ville qui voulaient être
agréables à quelque prince lui envoyaient un des plus
beaux tombeaux des Alyscamps en présent. Charles-
Quint en reçut plusieurs. Cette mode devint fatale à
l'antique cimetière, qui fut dépouillé de ses plus belles
pierres tumulaires. Aujourd'hui on n'y voit plus que
des tombeaux vulgaires qui, rangés le long d'une ave-
nue, servent de bancs aux promeneurs. Si l'on n'aver-
tissait pas le voyageur, il ne se douterait pas qu'il visite
les fameux Alyscamps.

Les amis étaient assis sur un tombeau, quand leur
interlocuteur de la matinée passa près d'eux, visitant
aussi la promenade. Il les aperçut.

« Eh bien, Messieurs, dit-il, vous vous êtes mis d'accord, j'espère? »

Ils se levèrent, et Georges le remercia encore une
fois. Il entama avec lui une conversation qui dura fort
longtemps.

Pendant ce temps, Léopold, qui avait apporté sa
palette, cherchait avec ses couleurs à rendre l'aspect
de la promenade.

L'étranger, à qui les jeunes gens semblaient très
sympathiques, demanda à Georges d'un air paternel
s'ils étaient à Arles pour leur plaisir.

Georges lui dit la vérité, racontant le commencement
du voyage.

L'étranger prétendait que les amis avaient eu tort
de ne pas visiter la fontaine de Vaucluse, dont il dé-
crivait les charmes.

C'est la Sorgue, disait-il, qui forme cette œuvre
d'art de la nature. C'est une source de cristal qui s'é-
chappe d'une roche immense sous un gouffre profond
entouré d'une végétation splendide. Il fallait voir cela.
Il fallait voir cette mystérieuse retraite qu'avait choisie
Pétrarque. Il est vrai qu'aujourd'hui une usine voisine
rappelle que nous ne vivons plus au siècle de Laure de
Noves, mais au siècle de l'industrie. Pourtant, malgré
cela, l'aspect de cette fontaine est certainement une
des merveilles de l'Europe.

L'étranger dit aussi qui il était. C'était un médecin
d'Aix qui venait à Arles pour affaires. Il s'appelait le
docteur Lobey.

Le docteur vit la peinture de Léopold et lui fit des
compliments flatteurs, puis il salua les amis, dont il
prit congé.

Quand Léopold eut terminé son étude, on se remit
en route.

En suivant un large boulevard bordé par le canal de
Craponne et planté de hauts platanes, ils arrivèrent au
Rhône. Ils jetèrent un coup d'œil sur le port, où quelques tartanes dormaient sans voiles. Les navires de cent
cinquante tonneaux y peuvent pénétrer. Il existe aussi
un bassin d'où partent les bateaux qui vont à Port-Bou,
dans le golfe de Fos; mais le trafic y est très restreint.

Le pont qui passe sur le Rhône en cet endroit est
un des plus beaux de France. Il fait communiquer
Arles avec Trinquetaille, un faubourg construit sur la
Camargue.

Trinquetaille ne contient pas de curiosité : c'est l'ancienne ville des pauvres gens qui ne pouvaient demeurer de l'autre côté du Rhône, où les maisons somptueuses étaient réservées aux patriciens et aux familles riches.

Le jour tombait quand les touristes, revenus à Arles, visitaient sur les bords du Rhône les ruines massives du palais de Constantin. Une partie en est occupée par des écuries.

Cette visite n'eut pas un très bon résultat, surtout pour Georges.

Il prétendait apercevoir une inscription sur une muraille, et mit le pied si malheureusement sur une pierre qu'il tomba rudement sur le sol.

Il avait un bras tout engourdi et très endolori.

On s'empressa de rentrer à l'hôtel, Léopold aidant le blessé, qui s'étendit sur un lit immédiatement. Léopold eut l'excellente idée, en voyant M. Lobey dans la salle à manger, de le prier d'examiner le bras de son ami.

Le docteur le rassura. Il massa quelque peu Georges, qui fit la grimace, craignant d'avoir un membre démis.

Il lui ordonna seulement de rester couché et de tenir le lendemain son bras en écharpe.

Cette mauvaise aventure, heureusement sans graves conséquences, fit faire encore plus ample connaissance avec le docteur.

Celui-ci repartit le lendemain de grand matin et prit congé de Léopold en lui assurant que Georges n'avait rien à craindre. Léopold, de son côté, lui exprima les regrets que le malade aurait de ne pouvoir le remercier.

« Eh bien, dit M. Lobey, si vous passez à Aix, venez me voir. Votre visite me fera plaisir. »

Et il lui donna son adresse.

Georges ne ressentait point de douleur. Le bras était seulement engourdi.

On put aller au musée le matin.

Ce musée est très riche.

Des urnes cinéraires, des amphores, y sont exposées en grande quantité.

Un autel d'Apollon découvert dans les fouilles du théâtre présente de beaux spécimens de la sculpture antique. Le marbre blanc travaillé par une main d'artiste habile montre d'un côté un homme aiguisant un poignard, de l'autre côté un satyre attaché à un arbre, enfin sur la façade principale Apollon s'appuyant sur une lyre, assis près d'un trépied à brûler les parfums. Le style de ce petit monument est d'une élégance remarquable.

Si les tombeaux font défaut aux Alyscamps, il n'en est pas de même au musée.

Une curieuse pierre tumulaire antique représente la cueillette des olives par une douzaine d'enfants.

Mais les tombes du moyen âge sont surtout dignes d'intérêt.

En quittant le musée, nos voyageurs montèrent dans une voiture qui les conduisit à une lieue de la ville, sur une colline où se dressent les restes d'un couvent célèbre : l'abbaye de Montmajour.

Les ruines en sont imposantes.

C'était jadis une véritable forteresse monastique. Il

Abbaye de Montmajour.

subsiste une belle tour crénelée, et dans l'église se voient d'élégantes colonnes de marbre habilement restaurées.

Léopold s'étonnait de voir fortifiés la plupart des couvents et des églises qu'ils avaient visités jusque-là. Georges lui expliqua que tous ces vestiges guerriers sont dus aux luttes continuelles dont la Provence fut le théâtre depuis la chute de l'empire romain jusqu'aux temps modernes.

Non loin de cette abbaye, Georges voulut aller visiter certaines cavernes préhistoriques dont on lui avait parlé; mais il n'y trouva rien de remarquable, les objets fossiles en ayant été enlevés avec soin et transportés au musée de Saint-Germain-en-Laye (près Paris).

On revint à Arles au coucher du soleil.

Georges n'avait point souffert de son accident, et tout allait pour le mieux.

LA CAMARGUE ET LA CRAU

La journée avait été bien employée.

Le lendemain on songea au départ. Mais on l'ajourna au prochain lever du soleil.

On visita les églises, qui sont nombreuses. Elles l'étaient davantage autrefois, mais on en a converti plusieurs en ateliers, en greniers, en bals, ou en cabarets. L'église Saint-Trophime est absolument curieuse, d'abord par son portail qui est un chef-d'œuvre de l'architecture et de la sculpture du douzième siècle, et aussi par le cloître fameux qui en dépend.

Georges était enchanté de ce beau spécimen de l'art au moyen âge. Les galeries aux pilastres crénelés lui semblaient particulièrement belles.

« C'est curieux, dit Léopold, il me semble que j'ai déjà vu ce cloître.

— Eh bien, moi aussi, fit Georges, seulement tous les cloîtres se ressemblent.

— Eh ! mais ! c'est à l'Opéra, je crois, que j'ai vu celui-là !

— Ah ! j'y suis ! dans *Robert le Diable !* Tu as raison, on a dû s'inspirer de ces lieux pour brosser le décor de l'opéra ! »

Georges disait vrai.

Ceux qui ont vu le beau décor du monastère dans *Robert le Diable,* connaissent la reproduction assez exacte du cloître de Saint-Trophime.

Le jour suivant, chacun boucla son sac à l'aube, et, le bâton à la main, on se mit en marche. Cette fois il s'agissait de fournir une longue traite à pied et de traverser la Camargue.

On franchit le pont de Trinquetaille, on passa par le faubourg, et la campagne luxuriante et fertile s'offrit aux yeux.

Les deux amis aperçurent bientôt, non loin d'Arles, une tour scellée dans le roc, s'élevant au milieu des ruines et des maisons croulantes. Cette tour, qui défie le temps, a vu se détacher d'elle les hautes murailles qui la flanquaient; indestructible témoin du passé, elle a l'air de raconter de hauts faits, des événements lointains; la force féodale respire dans son noir massif de pierres. C'est la tour des Baux : la puissante famille qu'elle abritait est morte; de toute cette gloire, la tour seule a survécu, comme ces vieux serviteurs qui restent seuls à pleurer dans la solitude d'un château dont la mort a frappé les maîtres.

La journée passée à travers l'île ne fut pas des plus réjouissantes.

D'abord on traversa d'assez riches plantations, mais le spectacle paraissait monotone. Le terrain était coupé de nombreux canaux, de filets d'eau, et puis, à mesure qu'on avançait, les habitations devenaient peu fréquentes. A peine trouvait-on quelque moulin; la culture

disparaissait, les troupeaux devenaient plus nombreux ;
si les arbres se faisaient rares, les pâturages ne man-
quaient pas et s'étendaient sur un espace considérable.

La Camargue, en effet, n'est guère cultivée que sur
les trois quarts de son étendue. Près de huit cents
moutons, deux mille taureaux en liberté et trois mille
chevaux sauvages trouvent tous les jours leur nourri-
ture dans l'île. La tradition fait remonter l'origine de
ces chevaux à l'invasion des Sarrasins.

Le sol se compose de terre d'alluvion reposant sur
un fond sablonneux.

Chaque jour l'île se transforme, car les détritus ar-
gileux du fleuve en augmentent constamment le territoire.

C'est près d'Aigues-Mortes que passait autrefois le
Rhône. Alors la plus grande partie de ses eaux cou-
laient par ce bras aujourd'hui bien peu important qu'on
appelle le Petit Rhône.

De nos jours, il a son courant principal dans le
Grand Rhône. Il eut aussi pour lit le Rhône Mort. Ce
fleuve apporte à ses bouches environ dix-sept millions
de mètres cubes de sable et de vase, ce qui constitue
en moyenne soixante mètres d'empiétement annuel de
la terre sur la mer. Les Romains construisirent des
tours qui étaient alors à l'entrée du Rhône. Elles en
sont aujourd'hui à une vingtaine de kilomètres. En
1837, on en édifia une à l'entrée du Vieux Rhône. Elle
est maintenant éloignée de plus de six kilomètres
des flots.

L'île entière de la Camargue a donc été progressivement formée par des alluvions.

La monotonie du site n'enchantait pas les voyageurs, et Léopold, après trois heures de marche, s'écria :

« Si nous retournions sur nos pas?

— Ma foi, répondit Georges, quand je songe que nous en aurions peut-être pour deux jours du même spectacle, nous agirions peut-être sagement, non pas en revenant sur nos pas complètement, mais en allant retrouver le Rhône, que nous traverserions, et nous rencontrerions ensuite la ligne du chemin de fer qui nous ferait passer à travers la Crau, laquelle doit être encore plus désagréable que la Camargue! »

Cet avis fut suivi.

Après avoir trouvé, non sans peine, un hameau au bord du fleuve et une barque pour le traverser, ils quittèrent la Camargue.

Mais il fallait ensuite retrouver le chemin de fer.

Quand ils aperçurent les poteaux du télégraphe, ils durent aller à pied pendant deux heures dans une plaine immense jusqu'à la prochaine station, suivre la ligne interminable des haies.

Cette station, c'était Raphèle, un village triste. La plaine, c'était la Crau.

Ayant en perspective la traversée fastidieuse de cette surface nue qui bientôt allait devenir aride, et ne se souciant pas de passer un désert après s'être ennuyés au milieu des pâturages sans fin de la Camargue, les touristes résolurent de prendre le premier train qui passerait.

Ils n'attendirent pas longtemps, heureusement.

En franchissant le territoire de la Crau, ils se féli-
citèrent de n'avoir pas essayé d'aller à pied.

Georges se rappelait la fable qui a rapport à cette
plaine désolée.

Hercule revenant de la péninsule ibérienne eut à
lutter contre deux géants, fils de Neptune, qui voulaient le tuer. Hercule se battait vaillamment, mais il
aurait peut-être perdu la bataille si son divin père,
Jupiter, n'avait écrasé les géants en leur jetant une
pluie de cailloux. Ce sont les cailloux roulés de la
Crau, semblables à des galets.

La plaine s'étendait déserte à l'infini, et le ciel la
bornait à l'horizon. Pas un arbre ne venait détruire
l'uniformité du sol.

« Eh bien, dit Georges à Léopold, tu l'as, ton désert !

— Je ne suis pas fâché de le laisser où il est, et d'en
sortir, fit le peintre.

— C'est en vérité un peu monotone. Voilà une dizaine de kilomètres que nous traversons sans voir autre
chose que des cailloux. Je demande autre chose !

— Ah ! voilà un bouquet de bois.

— Des oliviers ! »

En effet, le train arrivait près d'Entressen, la première station de la Crau cultivée. La campagne devenait fertile. On apercevait des champs plantés de mûriers et d'oliviers. Le soleil était à son déclin quand
les voyageurs arrivèrent à Miramas, où ils débarquèrent.

Mais ils firent près d'une lieue à pied avant d'attein-

dre la ville, fort éloignée de la gare. Mais l'aspect en
est des plus pittoresques; et cela les dédommagea de
la longueur du chemin : sur une colline rocheuse s'é-
lève un château détruit maintenant, mais dont les ruines sont d'un effet grandiose. Éclairé par les rouges
rayons du soleil, le spectacle était beau. Il fallut franchir
la colline, et l'on trouva la ville sur l'autre versant; une
pauvre petite ville dont les habitants regardaient avec
étonnement les deux amis coiffés de casques qui semblaient étranges à ces braves gens.

Les ruines furent immédiatement visitées. Rien de
très curieux. C'est une ancienne dépendance du monastère de Montmajour aujourd'hui complètement détruit. L'effet n'est beau qu'à distance. C'est comme un
décor qu'il ne faut pas regarder de près.

Léopold prétendait qu'on ne rencontrerait jamais un
hôtel convenable dans un pareil trou, et l'on repartit à
pied pour Saint-Chamas.

La route était un peu difficile, mais la vue était splendide, car on apercevait au bas des rochers l'étang de
Berre aux eaux bleues qui par place s'empourpraient
sous le soleil couchant. Au loin une immense chaîne
de collines se perdant dans les premières ombres du
crépuscule.

Les maisons devenaient plus fréquentes, on était
arrivé à Saint-Chamas.

Saint-Chamas est un petit port assez pittoresque de
l'étang de Berre, cette petite mer où navigue toute une
flotte de bateaux de pêche qu'on apercevait au loin,
rompant la monotonie des eaux bleues par leurs blan-

ches voiles triangulaires qui ressemblent à l'aile de
quelque énorme oiseau de mer.

Là, ils s'arrêtèrent dans une hôtellerie, où ils se
reposèrent après avoir fait honneur à un excellent
dîner.

Léopold, le lendemain, fit une très bonne étude de
ces bords du grand lac encadré de collines rocheuses.
Pendant ce temps, Georges visitait d'anciens remparts
et une série de grottes où logeait jadis toute une population et où quelques pauvres gens ont encore leur
demeure.

Les amis, afin d'avoir le plaisir de voguer sur l'étang,
se firent conduire par un pêcheur jusqu'à Istres, un
bourg agréable entouré de salines, et dont le territoire est situé entre l'étang de Berre et l'étang de l'Olivier.

Dans leur traversée ils aperçurent une tribu de hé-
rons et des pélicans.

Mais les voyageurs se hâtèrent de revenir vers l'est,
et, par un petit chemin de fer d'intérêt local, rejoigni-
rent Miramas en traversant encore une partie du désert
désolé de la Crau. Une autre ligne ferrée les conduisit
à Salon, au milieu d'une riche campagne plantée d'o-
liviers et fertilisée par de nombreux canaux.

LIVRE II

DE SALON A AIX

Salon possède plus de trois mille âmes.

C'est une charmante ville agrémentée de belles promenades, ornées de nombreuses fontaines aux eaux limpides. Elle s'étend au pied d'une colline assez élevée, où se rendirent les voyageurs.

De là, le coup d'œil était fort beau. A l'horizon, les pics rosés des Alpines, puis la plaine immense. Au bas des rochers, la ville flanquée d'une énorme tour carrée, reste d'un puissant château féodal.

10

Sur la colline, la végétation était curieuse. On ne rencontrait que des plantes aromatiques : la lavande, le thym, le serpolet, croissaient en touffes serrées, emplissant l'atmosphère de leurs pénétrants parfums; de-ci, de-là, se voyaient quelques oliviers sauvages aux branches rabougries et des bouquets de chênes nains.

C'est là que déjeunèrent les touristes, enthousiasmés du spectacle; puis ils retournèrent dans la ville.

Ils remarquèrent avec étonnement le nombre inusité de zouaves qu'ils rencontraient par les rues; mais on leur apprit que le château était converti en caserne, pour servir de dépôt à nos braves zouzous.

Ce jour-là, la ville se préparait pour le lendemain à une grande fête locale qu'annonçaient des affiches.

Un ballon devait être gonflé et partir en emportant plusieurs personnes.

En attendant, il y avait marché sur les allées.

Une femme et un petit garçon tenaient boutique de vieille ferraille, de chaussures d'occasion, et dans une boîte, sous la poussière, s'étalaient quelques livres, deux ou trois gravures et autant de vieux tableaux encadrés.

Léopold avait ramassé et ouvert un des poussiéreux bouquins de l'étalage; il en consultait rapidement la table, quand tout à coup il s'exclama en riant :

« Regarde donc ce titre bizarre : *Ruses étranges des Provençaux en les croisades.* Cela doit être drôle, et je ne saurais vraiment dire ce que peut annoncer cet intitulé. Enfin, voyons toujours! »

Il chercha la page indiquée et lut, aux éclats de rire de Georges, le curieux récit suivant :

« Raymond de Saint-Gilles conduisit vers Jérusalem
les croisés provençaux, qui luttèrent de courage avec les
chrétiens du Nord. Mais leur valeur fut ternie par de
singuliers traits de cupidité. Quand la famine désola le
camp des croisés, ceux de Provence osèrent étaler un
grossier et trompeux trafic : ils s'emparaient des ânes
et des chiens qu'ils pouvaient attirer loin du camp, les
tuaient et, les ayant dépecés, vendaient leur chair pour
de la viande de bœuf ou de chèvre. Les chroniqueurs
de l'époque ont flétri leur rapacité, en entrant dans des
détails extraordinaires. Quand un Provençal, disent-ils,
apercevait dans un lieu isolé un mulet ou un cheval
de belle encolure, il se faisait aider de quelques-uns de
ses compatriotes pour le terrasser sans lui faire aucune
blessure apparente ; puis, l'ayant lié afin d'empêcher
ses ruades, l'un d'eux introduisait sa main sous la queue
de l'animal, dans l'orifice naturel par où s'échappent
les excréments ; il enfonçait ainsi son bras le plus avant
qu'il pouvait, puis lacérait de ses ongles l'intérieur des
intestins de la pauvre bête ; on la déliait ensuite, et elle
s'enfuyait, blessée à mort sans que cela pût se voir.
L'animal périssait bientôt, et cette mort rapide et sans
cause visible était attribuée à des maléfices : c'était le
diable, disait-on, ou quelque sorcier sarrasin vendu à
Satan, qui, pour nuire aux soldats du Christ, faisait
ainsi périr leurs montures. Aussi, malgré la famine, les
croisés du Nord ne voulaient point toucher à cette viande
qui leur semblait maudite. Les Provençaux, instruits de
la vérité, allaient à la nuit rechercher la bête morte
dans le ravin où on l'avait jetée, la dépeçaient, et en

vendaient les morceaux, les donnant pour la chair d'un
bœuf qu'ils avaient, disaient-ils, eu l'adresse de découvrir et de capturer dans la campagne. Ils avaient
soin, au préalable, de prélever sur la viande ainsi
conquise des provisions pour eux. Aussi, voyant qu'au
milieu d'une armée d'affamés eux seuls trouvaient des
vivres, les raillait-on de leur adresse et du commerce
qu'ils faisaient, indigne de nobles hommes, pensaient
assez justement les Français du Nord. Un proverbe qui
courait au temps des croisades disait :

« *Franci ad bella, Provinciales ad victualia.*

« (Français sont bons pour la bataille, Provençaux
pour la victuaille.) »

« Drôle d'histoire! fit Georges; vraiment ce n'est pas
d'aujourd'hui que les Méridionaux sont nés malins.
Achète donc ce livre, ne fût-ce que pour cette curieuse
page. Et regardant un peu les tableaux :

— Dire qu'il y a peut-être un Rubens là dedans!

— Un Rubens, je ne crois pas, dit Léopold, mais
j'aperçois là un petit cadre qui a dû contenir au moins
jadis une toile de valeur. »

Il s'approcha de la botte et prit le tableau à la main.

La peinture, très noire et couverte d'une épaisse
couche de crasse, ne pouvait être jugée, mais le cadre
était en bois sculpté et datait certainement d'un siècle.

« Combien ce tableautin? demandait-il à la marchande?

— Cent sous, » répondit-elle en voyant un étranger.

A un habitant de la ville, elle aurait dit : « Vingt
sous. »

« Je le prends, » dit Léopold, devant son ami stupéfait.

Et il emporta son petit tableau sous le bras.

« Je propose d'aller immédiatement dans un hôtel, dit-il, je veux voir de près mon achat, et si c'est ce que je présume, je n'aurai pas perdu ma journée! »

On entra à l'hôtel des Deux-Écus, et la peinture fut attentivement examinée. Georges disait que cela ne valait rien, mais Léopold promenait son doigt mouillé sur le panneau : c'était un buveur assis sur une tonne. On n'en pouvait voir davantage.

« Que dirais-tu si c'était un Téniers? dit Léopold, et il m'en a tout l'air. »

L'autre se prit à rire. On n'était plus à l'époque où les tableaux de maîtres se rencontraient sur les marchés, et il fallait être bien naïf pour s'imaginer découvrir un Téniers à cent sous!

Tout à coup, Léopold poussa une exclamation joyeuse :

« C'en est un! » fit-il, et il indiqua au bas du tonneau les initiales du maître.

Un D encadrait un T, mais pour apercevoir ces deux lettres il fallait d'excellents yeux! — Georges déclara d'abord ne rien voir, ensuite il reconnut le T.

« Eh bien, tu verras à Paris ce que diront les experts! » fit Léopold.

Il envoya le tableau chez lui dans une caisse soigneusement emballée et se réserva le temps d'éclaircir les doutes de son ami à l'époque de leur retour.

On alla visiter les environs : Pelissane, un village

coquet; Lambesc, une ville pleine d'usines où l'on pré-
pare les conserves de tomates, une des richesses de
l'agriculture provençale. Ils entrèrent dans des fabri-
ques où la vapeur fait fonctionner les cuves, les
hachoirs, les pressoirs. Rien de plus curieux que ces
machines immenses. D'un côté on vide des tomates
dans de vastes récipients. Le fruit emporté passe par
cinquante compartiments, et, sans qu'aucune main l'ait
touché, il se trouve liquéfié, la graine et la peau ont
été élaguées, et par des robinets on reçoit la tomate en
coulis dans des flacons où on la conserve.

Une partie de la ville vit de ce commerce.

LE « ZÉPHIR »

Le lendemain, toute la ville de Salon était en liesse. Après les courses en vélocipèdes, obligatoires désormais dans toutes les fêtes, le ballon *le Zéphir* devait partir, monté par le célèbre Grossard et Mme Grossard, accompagnés d'un acrobate qui exécuterait des tours sur le trapèze pendant que l'aérostat s'élèverait dans les airs.

Dans une immense cour se balançait le ballon qu'on gonflait.

Seulement un bruit courait : les autorités avaient interdit à l'acrobate de faire de la gymnastique sous la nacelle.

De plus, on affirmait que Mme Grossard s'était trouvée mal et était encore évanouie, ce qui compromettait beaucoup le succès du lancement.

« Si nous y montions, nous? » fit Léopold.

Georges sourit :

« Je suis monté dans un ballon captif, cela me suffit.

— Ma foi, moi, je ne demanderais pas mieux que de voyager dans les airs. »

Georges finit par écouter sérieusement la proposition de Léopold qui disait :

« Pourquoi ne voyagerions-nous pas, nous aussi, en aérostat?

— Mais, répondait Georges, nous ne savons guère où nous irons.

« Oh! l'on ne va pas loin dans ces sortes de voyage. Nous parcourrons peut-être cinq ou six lieues à vol d'oiseau. »

Enfin on alla simplement demander à M. Grossard s'il voulait prendre des voyageurs.

L'aéronaute crut d'abord à une plaisanterie ; mais quand il apprit la vérité, il accepta, car il était réellement seul à voyager.

« Avertissez le maire, leur dit-il, et je vous embarque. »

Les amis allèrent chez l'honorable magistrat. Il leur répondit qu'ils étaient absolument libres de monter vers les nuages, pourvu qu'ils ne risquassent pas leur vie sur un trapèze. Et puis, paternellement, il les dissuada de leur intention : c'était bien imprudent de vouloir ainsi franchir l'espace sur une fragile nacelle, alors qu'on dispose des chemins de fer et qu'il reste encore des diligences.

Mais la chose était décidée : les touristes étaient résolus à partir en ballon.

Seulement, il fut bien entendu avec M. Grossard qu'on jetterait l'ancre après une promenade de deux ou trois heures.

Ce M. Grossard était un petit homme maigre, à la figure intelligente, qui avait perdu les trois quarts d'une immense fortune en voulant chercher le moyen

de diriger les ballons. Il avait sans cesse un nouveau
système à appliquer, mais jamais cela ne réussissait. Il
prétendait qu'il n'y avait qu'une virgule à ajouter pour
crier *Eureka* comme Archimède. Mais c'était cette virgule qui manquait toujours.

Autour de la nacelle étaient disposées quatre sortes
d'ailes en aluminium et en toile à voile. Une certaine
quantité de ficelles et de fins cordages aboutissaient
à une manivelle que devait tenir en main M. Grossard.

Les touristes n'attendaient plus que le moment du
départ. Ils étaient fiévreux. Georges surtout, qui n'était
brave qu'à demi, avait une peur secrète de son voyage
et maudissait le Montgolfier de Salon!

Cependant son amour-propre lui défendait d'hésiter.

Sur les allées, dans la grande cour, la foule était
énorme. On savait que les deux messieurs coiffés si
étrangement et qui étaient arrivés le sac au dos devaient monter avec M. Grossard.

On les regardait avec curiosité. On les montrait du
doigt.

La foule semblait impatiente.

Sous un soleil splendide, à peine une petite brise du
sud-ouest faisait-elle frissonner les feuilles des platanes
séculaires.

Enfin les amis prirent place dans la nacelle à côté
de M. Grossard, qui leur disait :

« Et surtout n'ayez pas peur. Vous êtes bien décidés
au moins? demanda-t-il aussi.

— Oui! oui! répondit Léopold.

11

— Oui, » murmura Georges, qui voulait sourire, mais qui devenait légèrement blême.

Le *Zéphir* était gonflé.

« Eh bien, nous allons partir ! » dit M. Grossard.

Il serra la main à ses amis, au maire de la ville, qui fit aussi ses adieux aux jeunes gens, et, au cri de : « Lâchez tout ! » il y eut une légère secousse, et l'on s'éleva dans l'espace.

En bas on applaudissait.

M. Grossard saluait, Léopold l'imita.

Mais Georges regardait avec terreur la foule dont il était déjà loin.

Peu à peu, cette foule devint confuse, puis elle se confondit avec les toitures de la ville, avec les arbres. La ville elle-même devenait de plus en plus petite. La Touloubre, qui coule en serpentant autour de la ville, semblait un cordage oublié.

Les routes poudreuses se dérobaient à perte de vue à travers les champs d'un gris vert où les oliviers croissaient en abondance. On apercevait sur la voie du chemin de fer un train qui paraissait gros comme une libellule.

Georges se rassurait progressivement en voyant la tournure martiale de Léopold, et surtout l'attitude de M. Grossard, qui était dans la nacelle comme chez lui.

L'aérostat était à huit cents mètres du sol.

On avait laissé Salon au sud et l'on se dirigeait vers le nord-est.

M. Grossard examinait les ailes de la nacelle avec un air sérieux.

Il allait commencer son expérience.

Il tourna une manivelle, et une des ailes se mit à battre doucement. La direction resta la même, seulement la nacelle vacillait légèrement. Peu à peu il y eut comme un mouvement de roulis. Bientôt les quatre ailes se mirent à marcher avec des mouvements bizarres. La nacelle était assez rudement cahotée, et les amis se tenaient au bord.

« Vous allez nous tuer ! fit Georges.

— Il n'y a pas de danger ! répondit M. Grossard. Nous allons tourner vers l'ouest. »

On ne tourna pas du tout vers l'ouest. Mais, dans les mouvements mal ordonnés de la nacelle, un sac de lest placé sur la margelle se vida dans l'espace, et l'aérostat remonta subitement de cinq cents mètres.

Là, un courant le saisit et le porta vers l'est, où il se dirigea mollement.

On passait alors sur une chaîne de montagnes assez élevée, les Vernègues ; ensuite on alla vers la chaîne de la Tevaresse, qui contient des volcans éteints, ce dont les amis ne s'aperçurent guère, car les crêtes étaient confondues dans une vague teinte violette.

M. Grossard prétendait qu'une aile de la nacelle était mal assujettie, ce qui amenait le cahot et paralysait ses efforts pour imprimer la direction.

C'était la « virgule qui manquait ».

Il voulut donc mettre l'aile en bon état, mais voilà qu'une plaque d'aluminium garnie de petites voiles s'échappa de ses mains et tomba ! L'appareil léger, soutenu par les bandes de toile, se dirigea vers le sol lentement, planant dans l'atmosphère avec des allures de grand oiseau de proie.

M. Grossard poussa un cri déchirant et regarda s'échapper l'aile de sa nacelle avec une douleur profonde.

En ce moment l'inventeur aurait donné dix ans de son existence en échange de l'instrument qu'il perdait !

Le pauvre homme avait des larmes dans les yeux. Il ne pouvait même plus essayer de diriger son ballon. C'était fini, il ne renouvellerait jamais d'expériences, disait-il.

Les amis, qui commençaient à s'inquiéter quelque peu de l'issue du voyage et qui avaient suffisamment joui du coup d'œil, ne demandaient qu'à descendre.

M. Grossard aussi.

Il ouvrit la soupape, et le ballon tomba lentement.

L'ancre s'accrocha à un rocher, en vue d'un petit village nommé Venelles, dont les habitants accoururent vers les voyageurs.

Ils descendirent sans accident.

Quel soulagement éprouva Georges en se retrouvant sur le sol ! Il était enchanté maintenant de son voyage aérien !

Il n'y avait pas eu de nuages au ciel, mais sans cela il les aurait traversés !

M. Grossard se mit en devoir de dégonfler l'aérostat pour le faire transporter à Salon par le chemin de fer.

Il avait déjà repris ses idées d'expérience et disait :

« Oh ! la prochaine fois, cela ne se passera pas ainsi ;

je prendrai mes précautions : les ailes seront solide-
ment assujetties. »

Le brave homme espérait toujours trouver sa virgule !

Les amis dînèrent avec lui dans le village. Ils apprirent qu'ils étaient à quelques kilomètres d'Aix, ce qui
les enchanta, et ils se proposèrent d'aller y coucher le
lendemain.

Ils prirent donc congé de leur compagnon d'ascen-
sion, qui leur avait conté tous ses projets pendant le
repas, et lui dirent adieu. Lui restait à Venelles pour
emballer son fardeau incommode le jour suivant.

Le chemin de fer passant à Venelles, le projet des
touristes fut facile à mettre à exécution, et deux heures
après ils reposaient dans un hôtel du cours d'Aix.

AIX ET SES ENVIRONS

En se réveillant Léopold appela Georges.

« Tu sais que tu as un devoir à remplir ici, dit-il. Il faut aller remercier le docteur Lobey.

— Tiens ! c'est ma foi vrai ! mais nous ferions mieux, sans doute, de ne pas aller l'importuner. Il n'a que faire de mes remerciements.

— Non pas ! répondit Léopold, il serait malséant de ne pas lui rendre une courte visite de politesse. Il est convenable que nous y allions tous les deux. Le docteur a été charmant ! Il serait ridicule de ne point aller le saluer. »

On sortit en discutant comment on agirait.

Ils étaient sur une belle promenade où se dressait sur une fontaine la haute statue en marbre du roi René, œuvre de David d'Angers.

Plus loin, une autre fontaine ; seulement de celle-là s'échappait de l'eau chaude, au grand étonnement de Léopold, qui mit sa main dans la vasque tiédie.

« La ville ne s'appelle pas pour rien Aix, mot qui dérive de *Aquæ Sextiæ,* les eaux de Sextius, dit Georges, et nous trouverons bien d'autres sources plus ou moins tièdes ! »

Et il expliquait pourquoi cette source était chaude,
quand ils se trouvèrent face à face avec M. Lobey.

« Mes compliments, Messieurs, fit le docteur; vous
avez eu une audace que d'autres n'auraient pas eue.
Je vois avec plaisir que vous êtes sains et saufs ! »

Les amis ne comprenaient pas.

« Mais, continua M. Lobey, vous ne m'avez pas dit,
à Arles, que vous aviez l'intention de monter en ballon.

— Comment! vous savez? fit Georges étonné.

— Si je n'étais pressé en ce moment, je vous demanderais quelques détails. Mais si vous voulez accepter
à déjeuner ce matin... Eh bien, c'est entendu, » fit le
docteur en se retirant et en leur indiquant sa demeure.

Il se retourna une fois :

« Ah! je vois que mon malade est guéri ! »

Une fois seuls, les voyageurs se regardèrent stupéfaits.

Comment le docteur savait-il leur voyage en ballon?

Toutes les conjectures leur semblaient invraisem-
blables.

Ils entrèrent dans un café.

Leur étonnement redoubla : on parlait à une table
voisine de la descente périlleuse du *Zéphir*.

Cette fois, Georges voulut savoir à quoi s'en tenir.

Il interrogea un des consommateurs, qui lui donna
un petit journal paru à Marseille le matin et arrivé
depuis une heure à Aix.

On lisait à la dernière heure :

« **Venelles.** — *Accident de ballon.* — Le *Zéphir,*

pàrti de Salon le matin, est tombé ici après avoir subi
dans l'atmosphère des avaries qui auraient pu causer
la mort de ceux qui le montaient.

« La nacelle ayant perdu son gouvernail inventé par
M. Grossard, l'habile aéronaute qui le dirigeait, un
cahot continuel a failli précipiter dans l'espace les trois
voyageurs : M. Grossard, M. Georges L. et Léopold S.
La descente a été des plus périlleuses, et M. Georges L.
a failli perdre la vie en voulant sauter hors de la
nacelle avant l'arrêt de l'aérostat. »

Cette note grotesque étonna d'abord les touristes.
Elle était inexacte, mais contenait un fond de vrai.

Ils se rappelèrent alors qu'ils avaient voyagé en chemin de fer, en revenant de Venelles, avec un monsieur
qui les avait écoutés avec attention, leur avait même
adressé quelques questions et avait pris des notes.

Le mystère était expliqué. C'était bien ce qu'on
appelle un canard.

« Enfin, nous voilà célèbres! » fit Georges en riant.

On n'avait point de ruines romaines à visiter à Aix,
car l'ancienne capitale de la Provence n'a pas conservé
un seul monument de l'antiquité. Tous ont été anéan-
tis. Et cependant, plus de cent années avant l'ère
chrétienne, un consul romain bâtissait des arènes à
Aix, qui était déjà sous la domination latine. Marius,
après avoir battu les Teutons et les Cimbres, vint ha-
biter Aix. César accorda de nombreux privilèges à
cette ville, qui devint très florissante. Mais l'invasion
des Sarrasins la détruisit au huitième siècle. Elle se

releva péniblement. Les seigneurs provençaux y vinrent demeurer, et René d'Anjou, roi de Provence, en
fit la capitale de son royaume. Mais elle devait rester
toujours une ville aux rues tristes et désertes, où l'herbe
croît entre les pierres.

Ce René fut le père de Marguerite de Provence,
épouse de Louis IX, qui apporta à la couronne de
France cette belle province, dont elle était l'héritière.
Ce roi, qui gouverna ses sujets avec douceur, a laissé
de nombreux souvenirs dans le pays, où il est légen-
daire sous le nom du bon roi René ; il vivait fort simplement : quand il passait la mauvaise saison à Marseille, on le voyait souvent vêtu sans aucun luxe, à peine
accompagné de quelques gentilshommes, se promener
sur le port dans un endroit bien abrité où venaient se
réchauffer au soleil les vieux marins. Quand il résidait
à Aix, il se tenait assidûment dans une certaine partie des remparts située au midi, et dont la tiède tem-
pérature attire encore aujourd'hui, pendant les beaux
jours des mois d'hiver, les vieilles gens de la ville.
C'est là une coutume répandue sur les côtes de la Méditerranée, où l'on ignore à peu près la neige et les
longs mois pluvieux des hivers parisiens. Chaque ville,
chaque bourg de cette bienheureuse contrée, possède
ainsi un coin d'esplanade à l'abri des vents, où les
convalescents et les vieillards des familles pauvres
viennent, comme ils disent, « prendre un peu le soleil ». Le plaisir que goûtait le bon roi René à par-
tager cette coutume est resté dans les mémoires en
Provence, et à Aix, l'endroit consacré à cette sorte

12

de méridienne s'appelle encore la « cheminée du roi
René ».

Aujourd'hui, l'industrie et le commerce tendent à
donner à Aix un peu de vie. Les chapelleries y occupent environ deux mille cinq cents ouvriers; les fabri-
cants de dragées et de fruits confits, de calissons et
de biscotins, y sont nombreux; les amandes et surtout
les huiles sont l'objet d'un commerce considérable.

Aix est une ville à part : elle est animée, comme
Salamanque, par ses jeunes bacheliers; elle est morte
en leur absence.

C'est un vaste cabinet d'étude, avec des maisons et
des rues où nul bruit ne trouble la méditation; vue au
mois d'août, à midi, elle est comme un autre Hercula-
num déblayé qui attend son peuple. L'architecture
romane et gothique y a bâti quelques églises et des
clochers à flèches. Son fondateur Sextius y construisit
des thermes pour utiliser ses sources minérales. La
campagne d'Aix est ravissante : elle est fécondée par
la petite rivière de l'Arc et d'immenses réservoirs d'eau
vive; c'est un contraste perpétuel de collines boisées,
de rochers nus, de vignobles étagés, de vastes prairies, de touffes de pins, de gaies bastides voilées de
sycomores et de marronniers.

Avant de se rendre chez le docteur, les amis allèrent visiter l'établissement thermal. Ils croyaient y
trouver des ruines des thermes, mais c'est à peine s'il
en reste quelques vestiges informes. La construction
nouvelle n'a aucun intérêt.

Les Romains, déjà, l'exemple d'Aix le prouve, avaient

foi dans les eaux minérales. Il est certain qu'on venait
à Aix pour y boire à la source limpide de la fontaine
des thermes, qui verse une eau calcaire carbonatée.

Le déjeuner chez le docteur fut très gai. M. Lobey
parla de sa femme et de sa fille, qui toutes deux étaient
à la campagne, dans sa villa de Couzeron.

La conversation fut très cordiale, et le docteur était
heureux de causer avec les jeunes gens.

Il parlait de Paris, qui lui rappelait sa vie d'étudiant
et ses années de travail et d'éveil intellectuel.

Dans la journée, le docteur les accompagna au
musée.

Il est plein de jolis tableaux de Granet, qui a laissé
toute sa collection à Aix, sa ville natale. On y voit des
toiles de Salvator Rosa, de Vanloo, d'Ingres et de bien
d'autres.

Ce qui existe de plus curieux, c'est une pièce attestant l'habileté des Gaulois dans les arts. Ce sont des
bas-reliefs qui remontent à une époque où les Romains
n'avaient pas encore pénétré en Provence.

Après cette visite on alla à la cathédrale, qui possède deux très belles portes en noyer.

On alla admirer encore, dans une autre église dédiée
à saint Jean, une série de magnifiques tombeaux qui
renferment les corps des comtes de Provence, et aussi
ceux de Mignard et de Jouvenet.

Et les amis purent se dire qu'ils avaient vu Aix.

Il n'y avait pas d'autres monuments à visiter.

Ils allèrent demander conseil au docteur.

« Si vous le voulez bien, dit-il, je vous propose de

vous rendre aux champs dans lesquels Marius remporta sa grande victoire sur les Cimbres et les Teutons. Demain matin, je suis à ma villa. Venez avec moi, elle est à six kilomètres de l'endroit dont je vous parle. »

Les jeunes gens hésitaient à accepter cette offre aimable, mais devant l'insistance de M. Lobey, il fallut bien se rendre, et du reste ils étaient très heureux de la proposition.

Le jour suivant, une voiture les emmenait tous les trois par une route bordée d'immenses champs d'oliviers.

On suivit d'abord la vallée de l'Arc, la jolie rivière claire qui va se jeter dans l'étang de Berre. On n'apercevait au nord que les chaînes pittoresques de Sainte-Victoire. De temps à autre, M. Lobey montrait près de la route quelque contre-allée envahie par des herbes sauvages; parfois il désignait le chemin même où l'on passait. C'était l'ancienne voie Aurélienne, route romaine construite par l'empereur Aurélien.

Après avoir franchi un torrent nommé le Reys, Georges aperçut des orangers.

Léopold voulut s'arrêter pour les examiner de près.

Ils étaient petits, mais paraissaient vigoureux.

Des orangers poussant librement en pleine terre! On était loin du jardin des Tuileries!

On approchait de la villa.

Distante d'environ cinq lieues d'Aix, elle dépendait de la commune de Puyloubier.

Bientôt, sur un coteau rocheux, la voiture prit un sentier bordé de hauts châtaigniers.

« Nous arrivons, » fit le docteur.

On longeait de basses murailles grises, derrière les-quelles apparaissait une épaisse forêt. On se trouva devant une solide barrière rustique.

C'était la villa Couzeron.

Deux terre-neuve aboyaient joyeusement à la vue de leur maître.

« Nous sommes arrivés, fit le docteur, vous êtes dans mes domaines, Messieurs. »

Mme Lobey se présenta bientôt, accompagnée de sa fille.

Le docteur présenta les jeunes gens, dont Mme Lobey avait déjà entendu parler. On déjeuna sous un berceau de vigne dont les ceps étonnaient nos Parisiens par leur grosseur. Plusieurs, à leur pied, n'avaient pas moins de vingt centimètres de diamètre. Les grappes de raisin presque mûr étaient d'une taille énorme, et chaque grain paraissait aussi gros qu'une prune.

Léopold s'extasiait sur la fertilité de cette montagne. A gauche, des abricotiers monstres, des cerisiers géants, couvraient de leurs branches des allées ombreuses; vers la droite, les herbes poussaient vertes et drues dans un champ encadré de chênes magnifiques. Un ruisseau limpide passait près des vignes.

« Cette fertilité vous semble étonnante? demanda le docteur.

— Oui, certes, fit Léopold, voilà de l'herbe qui forme un épais tapis; nous y sommes peu habitués depuis que nous voyageons en Provence, car les rochers arides sont plus fréquents que le gazon.

— Ce sont les morts qui fécondent ce sol, dit M. Lobey. Ce pays a été à jamais fertilisé par les cent mille Teutons que l'armée de Marius coucha dans la poussière et que la terre a recouverts. Des milliers de corps humains ont engraissé, ont saturé la plaine qui s'étend au pied de la colline. Cet après-midi, vous verrez quel était le champ de bataille où les Barbares du Nord furent écrasés! »

Après le repas, on se promena dans la propriété. Le bois était touffu. Pas de symétrie dans les allées bordées d'arbres qui croissaient au gré de la nature, enchevêtrant leurs branches, formant des voûtes. Des lianes les saisissaient et les enchaînaient, se glissant autour de leurs rameaux; des jujubiers, des sorbiers, des amandiers, des noisetiers, croissaient les uns près des autres. Des grenadiers jetaient l'éclat de leurs fleurs écarlates au milieu de ces flots de feuilles où toute la gamme du vert trouvait sa place.

On passa bientôt près d'un amas de rochers où poussaient de grands pins, dont l'odeur balsamique était délicieuse à respirer.

« Voici ma source, » fit M. Lobey en montrant le pied de l'un des rochers.

En effet, un filet de cristal s'échappait du flanc mousseux de la roche et, après avoir formé une capricieuse cascade, s'en allait en serpentant vers la plaine, baignant toute une population de joncs.

Les dames restèrent près de la source, et le docteur continua la route avec les jeunes gens.

On sortit de la villa Couzeron.

Un immense champ de blé coupé s'étendait au sud vers les montagnes. On traversa un bois de figuiers, puis on retrouva la plaine, où Léopold put admirer des azeroliers, petits arbres aux fruits de pourpre. On était dans les champs où dormaient depuis deux mille ans les cent mille Teutons !

M. Lobey désigna de loin le village de Pourrières.

« Nous sommes, dit-il, dans le département du Var depuis deux minutes. Pourrières est dans le Var. Puyloubier et la villa sont encore dans les Bouches-du-Rhône. »

L'ancien champ de bataille s'étendait entre la place occupée par ces deux villages.

Cet endroit de la promenade fut longtemps appelé *Campi putridi*, « les champs putrides ». Et l'on y trouve encore tous les jours des ossements, et souvent des morceaux de fer rouillés : des armes rongées par l'humidité de la terre.

Le souvenir de cette énorme boucherie et aussi de cette éclatante victoire a été longtemps vivace dans le pays. Grâce à la tradition, de nos jours encore, à l'anniversaire du triomphe de Marius, les paysans allument des feux de joie au sommet des montagnes; et à Pourrières même, les restes d'une pyramide élevée jadis en mémoire de cette bataille portent encore le nom de « Triomphe de Marius ».

La visite au champ de bataille romain intéressa vivement les amis.

De retour chez le docteur, et tout en prenant le café sur la terrasse, le soir après dîner, ils se communi-

quèrent les diverses impressions qu'ils avaient éprou-
vées à la vue de cette immense plaine où tant
d'hommes avaient péri !

« Ah! dit tout à coup M. Lobey, ce fut un grand
carnage, et ceux qui en entendent raconter les détails
ne peuvent se défendre de frémir en les écoutant.

— Docteur, s'écria Léopold, toujours en quête d'his-
toires, vous devez être renseigné mieux que personne
là-dessus. Faites-nous la grâce de nous retracer cet
héroïque combat.

— Volontiers, mon jeune ami. J'ai toujours eu une
grande prédilection pour le vainqueur des Barbares,
et je vais vous raconter de grand cœur tous les détails
que je connais sur sa victoire. Vous savez que les Barbares avaient envahi l'Espagne et la Gaule et s'appré-
taient, en quittant la Provence, à marcher sur Rome.
Les Romains se sentaient perdus s'ils n'arrêtaient pas
ce flot furieux; ils prirent d'énergiques mesures et
donnèrent le commandement des armées à Marius, le
seul homme capable de résister à ces innombrables
envahisseurs. Arrivé dans la Provence, il communiqua
à ses soldats l'ardeur impétueuse dont son cœur était
dévoré.

« Tout prend dès lors une face nouvelle. Il commence contre les forces de la nature la guerre acharnée qu'il continuera sur les Cimbres et les Teutons.

« Aidé des Marseillais, il travaille à d'étonnants
préparatifs de défense. Le Rhône lui parut le canal le
plus favorable pour faire arriver à son armée les ap-
provisionnements de l'Italie; mais ici de grands obsta-

cles empêchaient ses bateaux de remonter le fleuve.
Le limon et le sable accumulés aux limites du fleuve
et de la Méditerranée formaient des barres qui obs-
truaient l'entrée. La pioche fut mise aux mains des
soldats, et, sous les yeux de Marius, un canal large et
profond, communiquant avec le Rhône, un peu au-
dessous d'Arles, traversa la plaine stérile surnommée
Champ Pierreux, et vint offrir une rade commode aux
vaisseaux. C'était par de tels travaux que Marius dis-
posait ses troupes aux fatigues d'une guerre prochaine.

« Cependant les Teutons descendaient le fleuve afin
de gagner plus au midi la route de l'Italie.

« Marius, voyant cette manœuvre, rétrograda vers
la mer, et, couvrant de son camp les deux voies romaines qui, se croisant à Arles, conduisaient en Italie, il
se promit de garder la défensive jusqu'à ce que l'occasion se présentât de combattre à coup sûr.

« Pendant ce temps, les Barbares se séparent en
deux hordes : les Cimbres vont à l'ouest, vers l'Espagne, et les Teutons avec les Ambrons, leurs alliés, qui
étaient de race celtique, continuent seuls leur marche
vers l'Italie.

« Bientôt l'avant-garde des Ambro-Teutons parut.
A travers les nuages de poussière que le vent chassait
devant la horde, s'avançaient des milliers de figures
hideuses, hâlées par les soleils de tant de jours de
marche. Des lances, et encore des lances; des tentes,
et encore des tentes; des chevaux, et encore des chevaux; des enfants folâtrant avec une joie sauvage autour des chariots, des chefs bizarrement ornés galopant

13

devant les lignes, et sur toute cette cohue immense, désordonnée, des cris, d'épouvantables cris se croisant, s'entre-choquant dans l'air dans cent dialectes barbares : voilà l'aspect terrible, inattendu, qu'offrit aux soldats de Marius l'armée ennemie.

« Les Barbares furent ironiques et railleurs. Enivrés par de soudaines victoires, ils montraient aux soldats de Rome un mépris tranquille : ils s'arrêtèrent et dressèrent leur camp tout auprès des retranchements romains comme devant un village sans défense. Leurs tentes furent déployées, les chariots rendus immobiles, et les légionnaires purent contempler, comme le dit un historien, leur aspect sauvage, leur nombre immense, et ouïr leurs voix effroyables.

« Le soleil se lève, et rien, dans l'armée romaine, n'indique les dispositions d'une bataille.

« Alors les Barbares, poussant des rires hideux, harcelèrent Marius de ·leurs provocations.

« Leurs armes avaient soif du sang romain ; les voix, les gestes, étaient outrageants, mais le consul méprisait leurs défis. Un chef teuton s'avance jusqu'aux portes du camp et, appelant Marius par son nom, lui propose un combat singulier. Marius lui fit répondre que s'il était las de la vie, il n'avait qu'à s'aller pendre ; et comme le Teuton insistait, il lui envoya un gladiateur.

« Les soldats romains frémissaient de rage derrière ·leurs murs ; la honte montait au front des vétérans ; à chaque instant, prêts à délier les faisceaux, les légionnaires voulaient venger tant d'outrages, tant d'affronts faits à leurs aigles. Mais Marius les arrêtait : « Il ne

« s'agit pas, leur disait-il, de triomphes à gagner, de
« trophées à élever, il s'agit d'empêcher cette tempête
« d'aller crever sur l'Italie ! »

« Cependant, voulant familiariser ses soldats avec
l'aspect bizarre, les cris, l'armure, la tactique de l'ennemi, le consul les envoyait à tour de rôle sur les remparts, d'où l'œil plongeait dans les campements ambro-
teutons.

« Le jeune Sertorius, dans ces jours d'inaction, rendit de grands services à Marius. A l'aide de la langue
gallique, qu'il connaissait, et d'un déguisement gaulois, il pénétrait dans le quartier des Ambrons et
informait le consul des desseins de l'ennemi.

« Désespérant de forcer Marius à sortir de ses lignes,
les Ambro-Teutons se décidèrent à donner l'assaut.
Pendant trois jours de suite ils ne cessèrent leurs atta-
ques, mais ils furent chaque fois repoussés avec perte.
Ils résolurent enfin de continuer leur route vers les
Alpes.

« Les Romains purent alors mieux estimer la multitude de ces Barbares ; six jours leur suffirent à peine
pour défiler en vue du camp de Marius ; et comme ils
passaient sous les remparts, on les entendait railler les
soldats.

« Ils arrivèrent bientôt à Aix. C'était alors la ville de
plaisance des magistrats et des riches citoyens provençaux. C'était une cité latine somptueuse, avec des bains
de marbre, des portiques et des villas sur des collines
boisées. La horde traversa Aix, la saccagea et, poussant vers l'est, elle vint asseoir son camp et ranger ses

chariots par delà la rivière de l'Arc, en deux quartiers séparés. Celui des Ambrons, voisin de la rivière, était en même temps le plus rapproché de la ville.

« Marius les avait constamment suivis de loin à petites journées. Arrivé à Aix, il prit position sur une colline isolée qui, s'élevant entre la ville et les campements ennemis, dominait le vallon.

« Dispersés sur les bords de la rivière, enivrés par les séductions d'un ciel splendide, les Barbares offrirent au consul un tableau de vie et de joie. Les uns se baignaient dans les ruisseaux d'eaux thermales ou dans le fleuve ; les autres mangeaient après le bain ou dormaient. Des feux éclairant le camp dans la nuit, illuminaient la vallée et coloraient de leurs teintes les Ambrons dansant à la lueur vacillante des flammes. La colline où Marius avait fait halte était facile à défendre, mais on s'aperçut qu'elle manquait d'eau.

« Les soldats s'en plaignirent. Alors Marius, leur montrant la rivière qui coulait à leurs pieds, dit : « Vous êtes « des hommes, voilà l'eau : vous l'aurez avec du sang. »

« — Menez-nous donc aux Ambrons, s'écria un « d'entre eux, avant que ce sang soit tari dans nos « veines !

« — Oui, repartit le consul avec douceur, mais avant « tout, rendons notre camp inexpugnable ! »

« Ainsi s'était révélée, avec une expression énergique, la mâle pensée qui bouillonnait dans la tête de Marius. La bataille avait été résolue, et le moment n'était pas loin où les légions et les Barbares allaient mesurer leurs forces.

« Tandis que les soldats travaillent à fortifier leur camp, des esclaves et des valets, s'armant de bâtons, d'épées, de haches, de piques, descendent à la rivière pour puiser l'eau nécessaire à l'armée et aux bêtes de somme. Ils trouvent quelques Barbares qui se baignaient, et les tuent; d'autres ennemis accourent aux cris des blessés. Un combat s'engage, les Ambrons s'avancent tous. Quoique appesantis par la bonne chère, troublés par le vin, ils ne marchaient à la bataille qu'avec plus de résolution et de gaieté. Mesurant leurs pas sur le bruit cadencé des lances heurtant les boucliers, ils s'animaient les uns les autres, en frappant l'air de ces cris : *Ambra! Ambra!* C'était leur belliqueuse dénomination, c'était leur cri de guerre; ils y retrouvaient mêlés le souvenir de la patrie et celui de leurs exploits. Cette faible troupe d'esclaves trop audacieux va expier sa folle attaque sous les armes des Ambrons. Un immense danger se déploie autour d'eux; de tous côtés accourt la foule des Barbares qui va les égorger sous les yeux des légions retranchées, là-haut, sur la colline. Et les légions romaines et leur chef essuyeraient un tel affront!

« Non, non, les voyez-vous, ces soldats de Marius, franchissant les palissades pour se ruer à la bataille? Les Ligures auxiliaires, attachés à la fortune de Rome, atteignent les premiers la plaine. Ah! sans doute un moment d'hésitation dut arrêter leur courage quand ils entendirent ce cri d'*Ambra,* qui était aussi leur cri de ralliement. Dans ces syllabes barbares qui fendaient l'air, ces anciens émigrés galliques purent également

saluer la terre natale et penser à une commune origine
avec ces Ambrons contre qui Rome les déchaînait.
Mais, fidèles à Marius, ils hâtèrent leur course, en
renvoyant aux ennemis le même cri, et ce cri était si
formidable, poussé par deux armées, qu'il ébranlait la
vallée du Camor. »

Léopold et Georges écoutaient avidement ce récit si
mouvementé, si entraînant.

Et comme le docteur s'arrêtait pour avaler une gor-
gée de café :

« Docteur, fit Léopold, on dirait vraiment que vous
avez vécu ces journées d'héroïques combats ; on dirait
que vous avez entendu ces cris formidables ! Vous les
rendez avec force et véhémence.

— Ah! mon jeune ami, c'est que le souvenir en est
demeuré vivant en Provence. Ces récits se sont trans-
mis de bouche en bouche, et ceux qui virent ces scènes
de carnage en firent passer l'impression puissante dans
l'esprit de leurs fils, en les leur racontant. Ainsi de
génération en génération, l'histoire de ces événements
est arrivée jusqu'à nous ; ils sont aussi vivants dans nos
esprits qu'ils l'étaient il y a deux mille ans dans l'esprit
de nos pères, et tout paysan en Provence vous en par-
lera avec autant de véhémence et de passion que moi-
même.

— Ah! docteur, s'écria Georges, ne nous laissez pas
en si beau chemin! Voyons, les Ligures déscendaient en
courant la montagne.

— Oui, ils descendaient en poussant leur cri formidable : « Ambra! Ambra! » Ce fut d'abord un assaut

de voix; chaque troupe cherchait à dominer de ses
hurlements sauvages ceux que l'ennemi envoyait. La
rivière étendait son rideau devant les Ambrons; ils la
traversent en tumulte. La charge commence : les Ligures se précipitent sur les Barbares. Le lit du fleuve
devient aussi le lieu du combat. Au milieu des eaux
rougies, les piques s'enfonçaient dans les poitrines, les
larges épées gauloises fauchaient les bras et les têtes.
Les légions arrivent, favorisées par la pente du lieu ;
ce fut un torrent de casques, d'aigrettes flottantes, de
boucliers, de cuirasses, qui tomba du sommet de la
colline sur les Barbares ; les lignes romaines, hérissées
de fer, les firent reculer. Marius alors passa la rivière
rouge de sang et presque comblée de cadavres, et les
soldats romains purent boire. Les Ambrons se précipitent dans la plaine, atteints par le fer ennemi et
jonchant le sol de leurs morts. Ceux qui parvinrent à
se sauver, laissant sans défense leurs chariots et leurs
équipages, coururent se réfugier dans le camp des Teutons.

« Mais devant ces chariots une résistance inattendue
vint ralentir l'ardeur de la fuite et de la poursuite. Le
long de ces chars où les richesses de la horde errante
et les enfants étaient déposés, se range une troupe
égarée de femmes. On eût dit que des dieux infernaux
avaient poussé ce bataillon hideux au-devant des légions, car elles grinçaient des dents, et, le bras levé,
elles frappaient pêle-mêle l'Ambron et le Romain, appelant traître l'époux qui s'enfuyait, s'élançant furieuses
sur le soldat victorieux. Puis, désespérées, mais non

vaincues, elles saisissent de leurs doigts sanglants et convulsifs les épées nues, arrachent les boucliers, se jettent au-devant des blessures, et meurent déchirées, mises en lambeaux, palpitant encore de rage sur un sol témoin d'une si belle mais d'une si malheureuse valeur. Tant d'héroïsme ne fut pas vain. Il rendit incomplète la victoire; car l'obscurité, tombant sur cette scène de deuil, décida Marius à faire sonner la retraite et à regagner la colline; tandis que les Ambrons, ébranlant leurs chariots, allèrent se réfugier dans les campements teutons.

« Le succès de Marius était grand, mais non entier. La plaine couverte de cadavres attestait la victoire, mais les tentes des Barbares, encore debout, annonçaient de nouveaux combats. La plus grande partie des Ambrons avait échappé à la mort, et les Teutons ne s'étaient point montrés sur le champ de bataille. La nuit qui suivit le premier engagement fut pleine de terreurs et d'angoisses. Le camp des Romains ne retentit pas de chants de victoire; point de démonstrations de joie, point de longs festins; mais, à la place, une sombre inquiétude, une pénible insomnie. Et quand, silencieux et debout sous les armes, ils plongeaient la vue dans la vallée, ils apercevaient des feux allumés pour de lamentables funérailles. Les Ambrons enterrèrent leurs morts; puis, saisis de rage et de douleur, ils jetèrent des cris qui ne ressemblaient pas à des clameurs et à des gémissements humains; on eût cru entendre un effroyable concert produit par des rugissements de bêtes, auxquels se mêlaient des menaces

et des lamentations déchirantes. Et les voix furieuses
formaient un si grand retentissement, que les montagnes, la plaine, le canal, le fleuve, répétaient ce bruit
épouvantable et semblaient tressaillir et mugir.

« Ainsi les deux camps offraient de sinistres aspects :
dans l'un, le morne repos de l'anxiété attentive; dans
l'autre, une de ces scènes barbares inconnues aux peuples civilisés et qui montrèrent la douleur et la colère
sous les plus horribles traits : des hululements de hi-
boux et des rugissements de lions.

« Pourtant cette nuit et le jour suivant s'écoulèrent
sans attaque de la part de l'ennemi. Marius fut instruit
par ses éclaireurs que derrière le camp des Teutons
s'étendait un large et profond ravin, caché par un bois
épais, que ce lieu, favorable à une embuscade, dérobé
par de grands arbres à la vue de l'ennemi, pouvait
recevoir un détachement de l'armée prêt à prendre
la horde à revers, quand les légions attaqueraient le
front. Dans la seconde nuit, Marius y envoya trois mille
cavaliers conduits par Marcellus.

« Enfin le soleil qui devait éclairer la grande bataille se leva, et ses feux illuminèrent le sommet de la
montagne. Marius range ses légions sur le fleuve et la
colline jusqu'au lit de la rivière. Les cavaliers passent
le Canus, et, traversant la plaine, caracolent en face
des campements teutons. Les ennemis, provoqués par
ces bravades insultantes, s'élancent sur les cavaliers romains, et, stimulés par une fuite adroite, accourent en
désordre sur les bords du fleuve. A la vue des légions
étincelantes dont le rideau d'airain se déploie devant

14

eux, ils n'hésitent plus, franchissent les eaux et se rangent en bataille sur l'autre bord. Les cavaliers garnissent les flancs de l'armée romaine.

« Alors Marius sentit battre son cœur. Car le moment était décisif. L'armée teutonne bouillante d'audace commença l'attaque. Un beau rôle était réservé au consul, celui de soldat et de capitaine : il ne le répudia pas. Mais ne croyez pas que la victoire lui fût aisée. Pendant six heures, vivement disputée, elle semblait une belle proie, qui, jetée sur la vaste arène, passe tour à tour de la gueule sanglante d'un tigre dans celle d'un lion. Aux vastes plaines qui s'étendaient à l'orient d'Aix, près du fleuve, les enfants du Nord ne démentirent pas leur sombre et belliqueuse origine.

« Mais la ruse et la discipline triomphèrent de la valeur sauvage. Tandis que les Teutons et les Romains, acharnés dans cette effroyable lutte, disputaient de frénésie et d'audace, Marcellus sort de son embuscade, et sa cavalerie arrive comme une trombe sur l'arrière-garde des Barbares; celle-ci se replie vers le centre de la bataille, dans un désordre qui se communique bientôt à toute l'armée. Les Teutons, investis de deux côtés, ne peuvent résister à l'attaque concertée qui les presse. Affolés par cette attaque par derrière, ils prenaient pour une nombreuse armée les trois mille soldats de Marcellus, et leur ardeur à combattre fut troublée par cette crainte. L'ardeur des Romains, qui se sentaient sur le point de vaincre, redoublait au contraire, et bientôt les Barbares, pressés par les charges furieuses des légions, entassés les uns sur les autres, ne formè-

rent plus qu'une épouvantable cohue, qu'un troupeau
confus, incapable du moindre mouvement d'ensemble.
L'horrible carnage commença. Les guerriers aux blon-
des chevelures n'avaient pas su vaincre; mais ils surent
mourir; peu de lâches demandèrent grâce; beaucoup
de braves se tuèrent les uns les autres pour ne pas
tomber vivants aux mains du vainqueur. Fort peu d'entre eux réussirent à s'enfuir : Tentobokhe, leur chef,
quitta le champ de bataille dans le vain espoir de venger une si cruelle défaite. Il fut saisi par des chasseurs
gaulois dans les montagnes des Séquanes, aujourd'hui
la côte d'Or, et livré garrotté aux Romains. Mieux eût
valu pour lui laisser ses os blanchis mêlés à ceux de ses
frères aux champs de la Provence. Deux cent mille
Barbares, ont dit les historiens romains, engraissèrent
le champ de la Putréfaction; — quatre-vingt-dix mille
furent plus malheureux : ils perdirent leur liberté.
Ces morts, ainsi entassés, furent laissés par le consul
sans sépulture. La pluie lava leurs corps, dont le soleil
chauffa les monceaux; puis la corruption promena ses
taches bleues sur ces cadavres. Le champ de bataille
dut à cette hideuse décomposition en plein air, sans
que la terre en recouvrît les fétides lambeaux, un nom,
celui de *Campi putridi,* rappelé encore dans le mot
Pourrières qui le désigne aujourd'hui.

« Avec ses puissantes herbes et ses arbres devenus
plus vigoureux, la nature répara tant de désastres et
étendit un voile de moissons et de fleurs sur la vaste
plaine. La fertilité fut extrême, et les ossements qu'elle
contenait eurent une étrange destination : les paysans

provençaux s'en sont servis pour enclore leurs vignes
et les étayer. »

Le docteur avait fini de parler. Les jeunes gens,
tout émus par son débit passionné en même temps que
par les scènes terribles qu'il venait de mettre sous leurs
yeux, le remercièrent vivement.

« Marius, dit Georges, doit être l'objet d'un véritable culte dans la Provence.

— Vous n'avez qu'à voir, pour vous en convaincre,
interrompit le docteur, comme son nom se retrouve à
chaque pas dans le pays; il est dans mille dénomina-
tions de rochers et de terres. Longtemps l'anniversaire
de sa victoire fut célébré dans un temple bâti près de
Pourrières, en son honneur. Nos parrains provençaux
perpétuent son souvenir à qui mieux mieux, en donnant son nom à leurs filleuls. N'avez-vous point en
effet remarqué, dit-il en riant, que la plupart des
Méridionaux s'appellent Marius? »

Cette journée fut jugée une des mieux employées.

Le lendemain, il fallut prendre congé de l'excellent
M. Lobey, de sa femme, de sa fille, et revenir à Aix,
dont on partait pour prendre le chemin de fer qui s'ar-
rête à Roquefavour.

D'AIX A MARSEILLE

La gorge où passe l'aqueduc de ce nom est une des plus pittoresques de la Provence. Les rochers y sont cachés par des plantes aromatiques qui embaument l'espace. L'Arc promène ses eaux claires entre deux rangées d'ormes séculaires; la prairie, les champs de blés, sont fertilisés par ses eaux.

Les amis descendirent dans une auberge solitaire et demandèrent si le pays contenait quelque curiosité autre que l'aqueduc.

« Allez voir l'ermitage, dit le cabaretier, *Neva* vous y conduira. »

Et il appela *Neva*.

Une chienne superbe se présenta.

L'homme fit un signe, et la chienne, remuant la tête comme pour dire à sa façon : « J'ai compris, » partit du côté de la colline.

Les voyageurs suivirent leur guide à quatre pattes. Le chemin rocailleux montait à travers un bois de pins. Peu à peu, Neva conduisit les touristes sous une sorte d'amphithéâtre naturel.

Rien de sauvage comme cette campagne sans aucune habitation, où les plantes poussent sur les rochers mêmes. Cependant, après une demi-heure de marche, on aperçut derrière un bouquet de pins une porte taillée dans le roc.

C'était un ermitage très ancien. Là, rien de remarquable, à part une source sortant discrètement du flanc de la montagne.

Neva se coucha pendant que les amis examinaient les chapelles creusées dans le dur calcaire et dont un bedeau faisait les honneurs, dans l'espoir du pourboire accoutumé.

Quand les amis eurent terminé leur visite, Neva se leva en agitant joyeusement sa tête et les conduisit vers l'aqueduc.

On a beaucoup vanté le pont du Gard, et avec raison. Les Romains ont accompli là une œuvre gigantesque. Mais il faut constater, à la gloire de l'architecture française, que l'aqueduc de Roquefavour est deux fois plus hardi que l'aqueduc romain.

Il y a environ quarante ans que ce beau pont existe.

Sa longueur est de quatre cents mètres, sa hauteur de quatre-vingt-deux mètres, sa largeur de treize mètres cinquante.

Le pont du Gard n'est long que de deux cents mètres et n'est haut que de quarante-sept.

L'aqueduc de Roquefavour est formé de trois rangées d'arcades superposées. La plus élevée a cinquante-trois arcades de cinq mètres d'ouverture. Celle du milieu en contient quinze de seize mètres. Celle qui touche le sol ne compte que douze arcades de quinze

mètres. C'est, en France, un des travaux les plus grandioses du siècle.

Les amis remercièrent vivement leur guide à quatre
pattes, qui, très sobre, ne voulut même pas accepter
au déjeuner un morceau de sucre.

On reprit le train qui se dirigeait vers Marseille.

Après avoir passé à travers d'immenses vergers d'a-

Le pont du Gard.

mandiers, on dépassa Rognac, on côtoya de nouveau
l'étang de Berre.

Bientôt les rochers arides devinrent de plus en plus
fréquents ; on pénétra dans une gorge étroite, et le
train s'enfonça sous le tunnel de la Nerte. qui a plus
de quatre mille six cents mètres de long.

Mais à la nuit du souterrain succéda subitement
le plus brillant coup d'œil dont les touristes eussent
joui durant leur voyage.

Les rochers escarpés et blanchis par l'ardeur du soleil formaient un cadre à la mer qui s'étendait à l'infini au bas de la côte.

Les îles voisines se montraient distinctement.

Les navires au loin tachaient la nappe bleue de points grisâtres, et les tranquilles voiles des pêcheurs se balançaient mollement.

On apercevait Marseille, en partie masqué par une colline toute peuplée de bastides.

Le spectacle était absolument féerique.

Une heure après, on débarquait à Marseille.

LIVRE III

Marseille n'a plus rien d'ancien que son nom. Trop
de civilisation et d'industrie l'ont dépouillée de ce ver-
nis du moyen âge qui plaît au voyageur. Après vingt
incendies, il a fallu la rebâtir tant de fois qu'il n'y
reste, pour ainsi dire, pas un mur ayant plus de trois
siècles. Mais son commerce avec le monde entier lui
a conservé cet attrait, cette vie, ce bruit de chantiers
et de môle qui rappelle Carthage et Tyr. Tous les
peuples inondent ses quais, tous les pavillons flottent

15

dans son port, tous les idiomes sonores des riverains de la Méditerranée se croisent et retentissent dans ses rues. Ce n'est pas ce fracas de roues et de chevaux qui étourdit le voyageur dans une capitale, c'est un long murmure de gaieté laborieuse, c'est le travail en plein air d'une nuée d'ouvriers et de marins, entremêlé de chants espagnols, grecs, provençaux, napolitains, au milieu de l'entassement en plein soleil des oranges de Majorque, des morues de Terre-Neuve, du blé de Sicile et d'Odessa, des denrées de l'Inde, de l'Amérique et de l'Afrique.

La nuit venait quand ils entrèrent dans la fameuse rue Canebière, qui est en effet fort belle avec ses larges trottoirs envahis par les terrasses des cafés. A l'extrémité on a la perspective du vieux port avec sa multitude de mâts et de cordages.

Le jour suivant, ils parcouraient les rues principales de la ville, toutes très fréquentées : le beau cours du Chapitre, les allées de Meilhan, aux platanes merveilleusement beaux, la rue de la République. Mais le plus curieux, ce fut l'aspect des quais.

Le vieux port bordé de très anciennes maisons, les mêmes peut-être que Vernet a peintes dans son tableau du Louvre, donne lieu à une animation extraordinaire. Les navires serrés les uns contre les autres perpendiculairement aux quais sont déchargés par des milliers de portefaix qui, la poitrine et souvent les pieds nus, viennent jeter sur les pavés des montagnes de riz, de blé, de sel, de sable, de végétaux ou de minéraux.

Sur les quais du port de la Joliette, beaucoup plus

vâstes, on rencontre une variété prodigieuse de produits venus des cinq parties du monde.

Caisses d'oranges, peaux de moutons, cornes de bœufs, sacs de café, boîtes de conserves, ballots d'étoupes, barils d'huile, boîtes de thé, sacs d'amandes, camphre, bois d'acajou, d'ébène, de rose, de Campêche, barriques de vin, ballots de chanvre, de laine ou de coton, blocs de pierre et de marbre, barres de fer, plaques de plomb, sacs de cannelle, pains de sucre, cuirs, etc.

Marseille a plus de cent cinquante hectares de port. C'est une jolie surface. Mais le commerce y devient chaque jour de plus en plus important, et l'on réclame de nouveaux quais ; elle en a pourtant une longueur de sept mille mètres !

Un canot fit traverser le bassin de la Joliette aux amis, qui y visitèrent un superbe navire en partance pour la Chine. Ce paquebot avait cent vingt mètres de long. Il contenait de vastes salons meublés avec un luxe étonnant.

Les touristes allèrent ensuite jusqu'à l'entrée du vieux port, défendue par deux forts dont l'un, le fort de Saint-Nicolas, a été construit sur les plans de Vauban, et l'autre, le fort Saint-Jean, était l'ancien château des chevaliers de Malte. Quoique modifiée plusieurs fois, cette entrée est sans doute celle du port qui servit à la première colonie phocéenne, ou phénicienne ; car il n'est pas certain que Massalia ait été fondée par des Grecs. On a même trouvé près de la Joliette des inscriptions phéniciennes qui prouveraient

que les premiers Marseillais venaient des côtes de l'Asie
Mineure.

D'origine hellénique ou asiatique, la colonie se
forma et devint une florissante république, qui rivalisa
avec Carthage et qui fut plus puissante qu'elle. Elle
posséda bientôt la côte méditerranéenne depuis le
Rhône jusqu'aux Alpes.

Mais la république dut s'incliner devant la domination romaine ! César lui laissa ses vaisseaux marchands,
mais détruisit ses forteresses.

Après les invasions des Barbares et des Sarrasins,
elle fut gouvernée par des vicomtes jusqu'en 1112,
époque à laquelle elle s'érigea de nouveau en république. Mais il y avait trois villes dans Marseille, et une
seule accepta ce nouvel état de choses.

La ville basse avait un podestat et des notables qui
l'administraient. C'était la plus importante, car elle
possédait le port ancien, le plus fréquenté.

La ville romaine (quartier Saint-Jean actuel) était
gouvernée par l'évêque, et l'anse de la Joliette consti-
tuait son port.

Le faubourg au sud du vieux port était le domaine
des abbés de Saint-Victor. Le faubourg avait un port
aux Catalans, où plus tard devait aborder une colonie
espagnole, et où se trouve aujourd'hui un établissement de bains de mer.

Marseille redevint florissante comme au temps de
ses colonies; la maison d'Anjou la subjugua au treizième siècle, ce qui n'empêcha pas Alphonse d'Aragon
de la piller en 1423.

Marseille. — La Joliette en 1855.

Marseille. — La Joliette en 1855.

Mais elle se releva immédiatement. Elle n'était pas cependant au bout de ses malheurs.

Les reîtres et les Espagnols du connétable de Bourbon vinrent un beau jour l'assiéger.

Le connétable, révolté contre son roi, traître à sa patrie, faisait à la France une guerre acharnée; et

Marseille. — La Canebière.

Charles-Quint, l'implacable ennemi de François Ier, n'eut pas de meilleur auxiliaire que ce Français félon. Il avait pris toutes les villes qui s'étaient trouvées sur son passage lorsqu'il arriva à Marseille, le 13 août 1525. Marseille s'était préparée à la défense; une milice bourgeoise de neuf mille hommes avait été organisée, le fort et le rempart avaient été réparés, les femmes mêmes aidèrent aux travailleurs dans ces préparatifs. Le 23 août, la ville commença d'être canonnée; au feu des ennemis, les Marseillais opposèrent le leur; les boulets de la ville incendièrent le camp espagnol; mais la tranchée avait été si vigoureusement poussée qu'elle permettait de faire une mine redoutable.

Les Marseillais contreminèrent, et, dans leur défense, ils furent si merveilleusement secondés par les femmes, que la fortification fut nommée la Tranchée des Dames. La canonnade continuait; une large brèche faite aux remparts semblait assurer le succès du siège; aussi Bourbon résolut-il de donner l'assaut; toutes les dispositions furent prises. Au moment du coucher du soleil, les Espagnols s'avancèrent en bon ordre vers la brèche. Là, une horrible mêlée eut lieu; les soldats de la garnison, secondés par les bourgeois et les femmes, se battirent en désespérés et portèrent une telle confusion dans les rangs des Espagnols, que ceux-ci, repoussés et culbutés, se précipitèrent dans leur camp avec un inexprimable désordre. Dans la nuit, Bourbon, découragé, songea à la retraite. Il manquait de munitions, et de plus il apprit que Montmorency arrivait avec une formidable armée. Il quitta donc Marseille, s'en alla vers Nice, où il commit d'horribles dégâts, et repassa les monts.

On voit que Marseille n'a pas toujours été la pacifique cité qu'elle est aujourd'hui.

Au temps des affreuses guerres de religion, elle se rangea du côté des catholiques.

Depuis 1660, Marseille appartenait à la France.

Elle fut dévastée par la peste en 1720.

Plusieurs citoyens se dévouèrent et immortalisèrent leurs noms à cette occasion.

Marseille. — Église Saint-Victor.

Marseille. — Église Saint-Victor.

Le chevalier Rose et l'évêque de Belzunce sont célèbres dans l'histoire à cause de leur dévouement lors
de ce terrible fléau. Non contents de soigner les ma-
lades, ces deux hommes admirables, assistés d'autres
habitants de Marseille, dont le nom ne nous est malheureusement pas parvenu, ensevelissaient les morts
et consacraient toutes leurs forces à enrayer le fléau.

Pendant la Révolution, Marseille, comme plusieurs
villes de Provence, se montra fédéraliste. Elle avait
envoyé Barbaroux à la Convention. Les passions politiques, aigries par le souvenir des cruels massacres
de 93, amenèrent, comme dans tout le Midi, une effroyable réaction. La Terreur blanche y fut horrible
en 1815. Les royalistes assassinèrent sans pitié tous
ceux qui étaient entachés d'impérialisme; et l'on sait
qu'à cette époque on nommait impérialistes ceux qui
ne reniaient pas toutes les traditions de la Révolution.
Ils massacrèrent une garnison de mamelucks qui
étaient venus en France à la suite de Bonaparte.

Depuis, rien ne vint entraver la prospérité de la
vieille cité, et le canal qui lui apporte les eaux de la
Durance lui donne en même temps la propreté qu'on
lui reprochait de ne pas posséder.

·En effet, après avoir quitté leur batelier, les jeunes
gens purent constater combien cette mauvaise réputation n'était pas justifiée, du moins de nos jours.

Ils aperçurent une Marseille coquette, presque aussi
bien soignée que Paris et possédant des rues parfaitement entretenues.

Ils avaient débarqué au pied des murailles grises du

fort Saint-Nicolas, près d'un bassin d'où s'échappait l'odeur âcre du goudron. C'était le bassin de carénage, peu important d'ailleurs. On n'y répare que les avaries compromettantes pour la sûreté d'un navire. Il n'y a pas de chantiers à Marseille, c'est à peine si l'on y construit quelques canots. Les quais sont trop précieux pour n'être pas livrés au commerce jusqu'au dernier mètre disponible.

A deux pas du bassin s'élevait l'église Saint-Victor. On ne se douterait guère, à l'aspect du monument, que l'on a devant soi une église.

Des tours crénelées, aux murailles sombres, lui donneraient plutôt l'air d'une forteresse.

Les amis y visitèrent une crypte curieuse.

Ils passèrent ensuite devant le palais de justice, la préfecture, deux édifices modernes assez élégants.

Mais ce qui les enthousiasma, ce fut le palais Longchamp. Il est juste de dire que ce monument est d'une originalité remarquable, et qu'il séduit autant par l'harmonie de ses grandes lignes que par le soin apporté aux moindres détails.

Un pavillon central surmonté d'un joli dôme est percé d'une vaste baie où l'on aperçoit la statue allégorique de la Durance, ayant à sa droite le blé, à sa gauche la vigne. La Durance se tient sur un rocher d'où s'échappe une napppe d'eau habilement distribuée en cascades tombant de vasques en vasques. Sous la voûte sont quatre lions gigantesques. Enfin l'eau vient emplir un bassin près duquel sont deux lions, un tigre et une panthère, du célèbre sculpteur Barye.

Marseille. — Le Château d'eau.

Marseille. — Le Château d'eau.

Deux galeries formées de colonnades à travers lesquelles on aperçoit le ciel, conduisent du pavillon central à deux ailes du monument qui servent de musée.

Ce monument a été élevé par M. Espérandieu, sur les données de Bartholdi, et rappelle l'achèvement du canal de la Durance qui a apporté la fertilité aux environs de Marseille.

Pendant que Georges l'examinait dans tous ses détails, Léopold visitait le musée de peinture, qui contient de très belles toiles.

Ce qui le frappa d'abord, placé au-dessus d'une porte, ce fut un magnifique Courbet : *un Cerf aux abois.* Il vit une belle *Chasse antique,* de Puvis de Chavannes ; un *Quai de Marseille,* par Ziem ; un *Paysage de Syrie,* par Pasine ; le *Rêve,* de Chaplin ; *Judith et Holopherne,* par Henri Regnault.

Parmi les peintures anciennes, il prit le croquis d'un *Moine contemplant un crâne,* de Salvator Rosa, et d'une esquisse de Rubens.

Il remarqua en outre dans l'école italienne une *Famille de la Vierge,* du Pérugin ; un *Saint Jean,* de Raphaël ; une *Magdeleine,* du Dominiquin ; une *Noce de village,* d'Annibal Carrache ; une œuvre d'Andrea del Sarto, un Canaletti, un Caravage, etc.

Dans l'école espagnole, un Zurbaran, un Murillo, un Ribéra.

Dans l'école française, un portrait de Mlle *de La Vallière,* et un portrait de *Ninon de Lenclos,* par Mignard ; un Lesueur et un Philippe de Champaigne.

Dans l'école flamande, un Van Dyck, plusieurs es-

quisses de Rubens; une *Nature morte,* de Suyders; un
Paysage, de Breughel de Velours; une *Tête d'homme,*
de Jean Holbein, etc.

Dans l'école hollandaise, un *Paysage,* de Jacques
Ruysdaël; un *Philosophe,* de Schulsen; un Stock, un
Denner, etc.

Parmi les peintres provençaux, Puget, Parrocel,
Tournemine, Philippe Tanneur, de Forbin, Granet, etc.
Il s'arrêta aussi devant un curieux portrait du roi René,
peint par lui-même.

La galerie de sculpture contient un portrait de
Louis XIV, par Puget.

Léopold avait empli son carnet d'esquisses et de
notes. — La journée avait été bonne pour lui.

UNE RENCONTRE DE MARSEILLE A TOULON

Les promeneurs déambulèrent dans un beau jardin situé derrière le parc zoologique.

En quittant ce jardin, Georges rencontra un ami de collège, avec qui il renoua connaissance. Il se nommait Marius Bourdey, et habitait Marseille depuis deux ans. Il y dirigeait, sous les ordres paternels, une immense usine de savons.

Marius proposa d'accompagner les jeunes gens dans leurs pérégrinations à travers la ville et voulut devenir leur guide. Il promit à Léopold qu'il lui montrerait des tableaux rares que le musée enviait.

Il tint parole le lendemain, et chez divers particuliers Léopold put admirer la *Chasse au tigre,* de Delacroix ; le *Boucher turc,* de Decamp ; les *Joueurs de boules,* de Meissonier ; le *Maréchal ferrant,* de Paul Potte ; l'*Abreuvoir,* de Wouvermans ; un superbe Andrea del Sarto, un Isabey, un Berghem et un Brascassat.

Marius conduisit ensuite les deux amis au Prado, une superbe promenade plantée de platanes prodigieusement hauts. Elle aboutit sur la plage et conduit au chemin de la Corniche, délicieuse route tracée sur les

17

rochers et d'où l'on découvre les côtes du golfe et la mer qui se perd dans le ciel.

Marius était tout à la disposition de nos amis et les pilotait avec plaisir, fier de montrer les splendeurs de sa ville natale dont, en parfait Marseillais, il ne cessait de vanter les beautés. Il lui arrivait même de porter aux nues des choses très ordinaires.

C'est ainsi qu'il parlait avec volubilité de l'arc de triomphe et de l'obélisque.

Passe encore pour l'arc de triomphe, où l'on trouve quelques beaux bas-reliefs de David d'Angers et de Ramey, mais qui n'est qu'une copie de l'arc de triomphe du Carrousel.

Mais pour l'obélisque, c'est autre chose : c'est un assemblage de petites pierres de taille cimentées très visiblement.

Les Marseillais n'ont pas cru nécessaire d'aller en Égypte chercher un obélisque, ils en ont fabriqué un.

Marius, pour établir la prépondérance de Marseille sur les autres villes et même sur Paris, ne négligeait aucune occasion de placer son mot.

Tel est le caractère des Marseillais. Ils trouvent souvent dans la conversation l'occasion d'établir des comparaisons entre Marseille et quelque autre ville, et l'avantage est toujours pour leur cité.

A leurs repas, Léopold et Georges furent surpris de voir apporter des oursins. Les restaurateurs les servent en hors-d'œuvre, comme à Paris on sert les huîtres.

L'oursin offre un mets apprécié seulement sur les rives de la Méditerranée. On en rencontre des bancs

Marseille. — Vue du palais de Longchamp.

nombreux en Bretagne, et notamment dans les Côtes-
du-Nord, aux basses marées ; mais dans ces pays, où
pourtant sa chair est tout aussi délicate, on ne fait aucun cas de ce zoophyte à la coquille sphérique héris-
sée d'épines mobiles.

Les oursins se rencontrent surtout dans les rochers

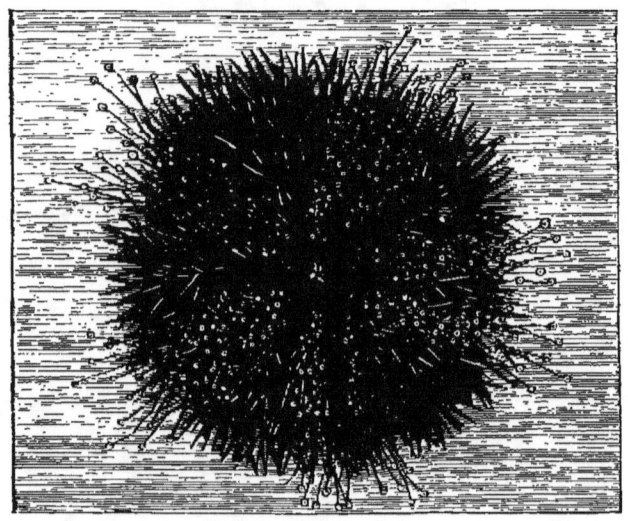

Oursin.

recouverts par les flots, et la pêche en est facile : il suffit d'entrer dans l'eau jusqu'à mi-jambe et de ramasser
ceux qu'on aperçoit. Cela ne va pourtant pas sans quelques inconvénients : le pêcheur inattentif qui met son
pied nu sur un oursin s'enfonce dans la chair les piquants de la bête, lesquels, très fragiles, se brisent et
restent dans la blessure. On en est généralement quitte
pour quelques jours de repos, et l'application d'un

emplâtre de poix de Bourgogne a vite amené l'extrac-
tion de ces épines; néanmoins quelques accidents plus
graves peuvent se produire, en raison de l'extrême
sensibilité du pied, où la multiplicité des tendons et
des jointures rend les blessures toujours un peu dangereuses.

Un voisin de table de nos touristes leur conta que
pareil accident lui était arrivé, il y avait douze ans; les
piquants de l'oursin avaient atteint l'articulation du
gros orteil, ce qui avait produit une forte enflure et
nécessité un repos absolu de cinq semaines. Puis une
légère suppuration s'était établie, et la plupart des
épines étaient sorties une à une, pas toutes pourtant,
puisque, deux ans après, il en avait encore retiré une
de trois millimètres de long. Il avait eu, disait-il, son
orteil assez enflé pendant dix-huit mois après l'accident, avec une assez grande gêne pour la marche, et
même, après douze ans, toute fatigue un peu forte, tout
choc un peu violent atteignant l'orteil autrefois blessé,
ramenait une enflure de quelques jours fort gênante.

Nos amis se promirent de n'aller jamais pêcher ces
mollusques rébarbatifs que les pieds garantis par de
bonnes chaussures. Leur voisin, glanant dans ses souvenirs d'enfant de la côte, leur parla aussi de la pêche
des moules, qui est moins facile que dans l'Océan et qui
constitue un des plaisirs des baigneurs méditerranéens.
On trouve ces mollusques en abondance sur les rochers,
à des profondeurs de deux à six mètres, et les jeunes
gens du pays, tous bons nageurs, s'amusent, en prenant leur bain, les dimanches de la belle saison, à

recueillir des moules pour leur goûter. Ils doivent pour
cela plonger assez profondément, et il paraît que ce
n'est pas sans quelque danger. Les anfractuosités des
roches sous-marines recèlent, en effet, parfois, des

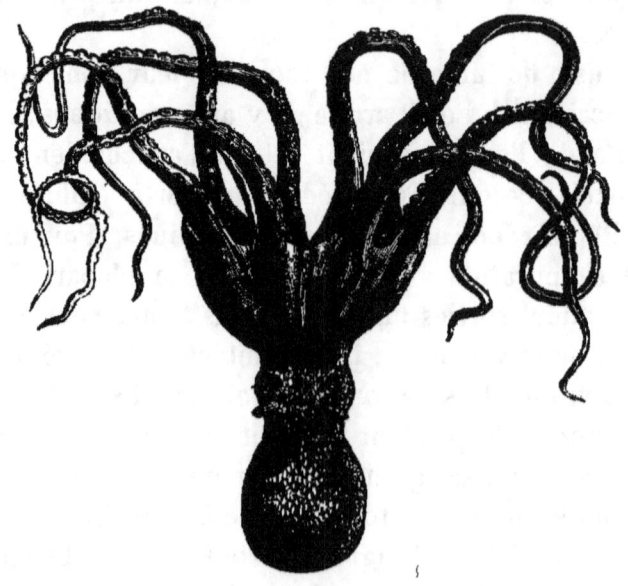

Poulpe.

poulpes d'assez forte taille. Ces poulpes ne sont ni plus
ni moins que de petites pieuvres.

Léopold et Georges connaissaient la pieuvre, pour
avoir lu dans le livre de Victor Hugo, *les Travailleurs
de la mer,* la description de ce redoutable monstre. Ils
crurent que leur commensal' voulait leur en conter.
L'idée de jeunes Marseillais luttant, pour s'amuser
le dimanche, avec ce hideux vampire des mers, leur
vint à tous deux à l'esprit en même temps, et la fanfa-

ronnade leur parut si fortement marseillaise, qu'ils ne
purent s'empêcher de se regarder en réprimant mal une
grande envie de rire. Leur interlocuteur avait compris
leur pensée; aussi se hâta-t-il de les détromper, sans
mauvaise humeur, car il était bon vivant. Il leur expliqua que les poulpes dont il leur parlait pesaient tout
au plus quatre ou cinq livres, les grandes pieuvres étant
assez rares, et n'habitant que les roches situées à de
grandes profondeurs. Néanmoins, ajouta-t-il, ces pieuvrettes ne laissent pas que d'être dangereuses, et le
plongeur imprudent qui passe à leur portée risque fort
d'être happé au passage, et parfois retenu et noyé. Tout
comme leurs monstrueux congénères des gouffres sous-
marins, les poulpes ont la tête et le corps enfermé dans
une sorte de poche visqueuse grosse comme le poing,
mais deux fois plus longue, de l'orifice de laquelle s'é-
chappent une dizaine de tentacules ressemblant à des
queues de serpent (sauf la couleur jaunâtre et la visco-
sité) et percées, dans toute leur longueur, de nombreuses ventouses qui, s'appliquant sur la proie saisie,
opèrent une succion relativement puissante, et rendent
presque indénouable l'enlacement de ces liens vivants.
L'affreuse bête se tient cachée dans une anfractuosité,
et, tandis que deux ou trois de ses tentacules solide-
ment accrochés à la roche la maintiennent contre qui
voudrait l'en arracher, elle laisse flotter mollement les
autres, au gré des mouvements de l'onde, et l'on croi-
rait voir les longues feuilles de quelque algue marine.
Quelque poisson passe-t-il à portée : avec la rapidité
de l'éclair, les tentacules s'abattent sur lui, l'enserrent

Vue de Hyères et ses environs.

Vue de Hyères et ses environs.

18

dans leurs replis gluants et l'entraînent dans le trou de
la roche, où le poulpe le dévore lentement. Il faut que
celui-ci soit de taille peu ordinaire pour venir à bout
d'un homme, et presque toujours les imprudents baigneurs qui ont été saisis parviennent à se dégager, en
arrachant de son rocher le poulpe, qui paye de sa vie
son attaque audacieuse; encore tout ému de la lutte et
fier de la victoire, le pêcheur emporte alors son ennemi comme un trophée, et le soir on le mange, cuit
au court-bouillon et assaisonné d'ailloli. Quelquefois
cependant l'aventure peut avoir une fin plus tragique.
Aussi les jeunes pêcheurs de moules ne se hasardent-ils
à descendre sous l'eau près des rochers qu'après les
avoir soigneusement explorés par quelques plongeons
préalables et prudents. De plus, ces parties de plaisir
ne se font jamais qu'à plusieurs, et les camarades se
tiennent toujours prêts à secourir celui qui ne repa-
raîtrait pas assez vite à fleur d'eau. Le plus souvent
même on ne plonge qu'attaché à une bonne corde, qui,
halée par quelques bras vigoureux, aurait raison en deux
secousses du poulpe le mieux tentaculé.

On rencontre aussi des pieuvrettes d'une taille si
restreinte qu'on les prendrait pour de menues étoiles
de mer. On les sert dans les restaurants de Marseille
sous le nom de « pourprios ». Cela n'est pas plus mauvais que les cuisses de grenouilles ou les escargots.

Ces détails donnèrent à nos voyageurs l'idée d'une
partie de pêche, idée que l'on mit à exécution la nuit
suivante.

Les amis s'embarquèrent à deux heures du matin

dans un bateau de pêche ayant cinq hommes d'équipage. Mais ils n'eurent pas grand plaisir.

La mer était un peu agitée, et leurs vêtements furent mouillés. Ils avaient froid. A l'aube, ils virent les silhouettes de marins ramener les longs filets qu'ils avaient déposés la veille et le bateau s'emplir peu à peu de rougets, de galinettes, de rascasses, etc., mais ils s'intéressèrent peu à cette pêche, d'autant plus que Léopold, éprouvant le mal de mer, jugeait cette partie de plaisir affreusement longue. On rentra au port à six heures du matin, mais Léopold jura de ne plus aller voir lever les filets.

On songeait à quitter bientôt Marseille. On alla voir le château d'If, bâti sur un rocher tout près de la côte.

Cette ancienne prison n'a rien de bien curieux, et l'aspect général en est bien plus pittoresque que les détails. C'est François Iᵉʳ qui le construisit, et l'on s'est encore servi des cachots lors de la répression de la Commune en 1871; de nombreux condamnés politiques y ont été alors enfermés.

Le vent qui avait soufflé le matin, loin de diminuer, continua avec plus de violence.

C'était le mistral qui commençait. Il déracina deux arbres sur les allées et enleva une toiture.

C'est par ce vent que les voyageurs dirent adieu à Marseille.

Marius voulait les obliger à rester encore une journée, mais ils refusèrent. Il fallait distribuer le temps avec prévoyance pour accomplir le voyage projeté

L'île et le château d'If.

dans le délai voulu. Heureusement, le vent ne dura
que deux jours, chose rare, car le mistral se prolonge
d'ordinaire trois jours au moins. On alla à Cassis, une
coquette petite ville entourée de câpriers, d'oliviers et
de figuiers.

La situation de Cassis est très belle. On y rencontre
une source d'eau douce jaillissant entre les rochers
battus par la mer. Cassis se console d'avoir une source
si malheureusement placée, en produisant d'excellents
vins.

De Cassis on se rendit à la Ciotat, au bord du splendide golfe de Lecques aux eaux bleues.

La Ciotat a neuf mille habitants, dont le tiers est
occupé aux chantiers de construction des coques de
navires en fer et en bois, et des machines à vapeur
de la marine marchande et même de l'État. Beaucoup
de superbes transatlantiques de Bordeaux, et de grands
navires qui vont de Marseille en Chine, sortent des
ateliers de la Ciotat. On y exploite aussi des carrières
de grès, et la pêche du corail est une ressource pour
les habitants.

La Ciotat serait plus prospère peut-être si la révoca-
tion de l'édit de Nantes ne lui avait pas ravi une grande
partie de ses habitants.

Jadis, en effet, elle fut une ville très importante,
défendue par de solides remparts et par une citadelle
élevée.

Nos touristes avaient fait à pied la route de Marseille à la Ciotat. Ils avaient traversé des montagnes
escarpées couvertes d'une végétation basse et grisâtre :

tantôt la sauge, tantôt le thym, tantôt l'olivier sauvage.
C'était bien la Provence inculte que Mme de Sévigné
appelait une « gueuse parfumée ».

De la Ciotat, le chemin de fer conduisit les voyageurs à Toulon.

La route continue à offrir des points de vue char-
mants.

On entre dans le département du Var.

Bandol attira les regards des voyageurs : coquette
petite ville dont le port est très favorable aux embar-
cations de moyenne taille.

TOULON

Après avoir dépassé la Seyne, on arrivait à Toulon.

Bâtie au pied des collines, au bord d'une rade merveilleuse, cette ville était bien située pour devenir la place forte par excellence des côtes de la Méditerranée et la première ville de la marine de guerre.

Lorsqu'on débarque, les rues tranquilles ne font point prévoir l'aspect bizarre des quais. Ces rues sont, du reste, très convenablement pavées et même bordées de trottoirs. De temps à autre, en guise de borne on rencontre, enfoncé dans la terre, un vieux canon montrant sa gueule. Et parmi les passants on remarque en très grand nombre des officiers de marine et des matelots.

A Toulon, point de commerce entre les peuples, comme à Marseille, point de gaieté remuante et de fourmillement industriel, mais un développement de force créatrice plus grandiose et plus imposant. Dans son port et dans son arsenal tout est gigantesque : chantiers, vaisseaux, monuments. Les travaux s'y accomplissent dans un grave silence, et leurs résultats confondent l'imagination. Les constructions militaires y dominent tout : remparts, batteries, forts détachés,

tout cela contribue à donner à cette ville un caractère
à la fois redoutable et grandiose.

Les amis suivaient une allée très large, qui les mena
tout à coup sur un beau quai.

Devant eux s'étendait le port peuplé d'une forêt de
mâts.

Mais quelle différence avec Marseille!

Là-bas, l'on apercevait ce fourmillement des cordages attestant la présence de centaines de navires
pressés les uns contre les autres.

Ici, c'était de gros vaisseaux majestueusement cam-
pés sur le flot calme de la vieille darse et loin des quais.

Ces immenses bâtiments attendaient l'ordre de quitter la côte française.

La darse (c'est ainsi qu'on appelle un bassin fermé
par une chaîne à certaines heures) contenait cependant quelques navires marchands.

Mais ce n'est pas là leur véritable place.

Un port spécial est affecté au commerce et contient
de nombreux bateaux chargés en général de bois et
de vins.

Une seconde darse, spécialement réservée aux navires de guerre, est située près de l'arsenal.

C'est cet arsenal qui attirait les amis et dont la visite les étonna profondément.

Tout ce que l'homme a inventé pour tuer son semblable : instruments tranchants, contondants, piquants,
engins de toutes sortes, canons de tout calibre, fusils
de tout modèle, tout ce qui sert à détruire est assem-
blé dans ce bâtiment.

Toulon en 1845.

Dans une salle longue de plus de cinquante mètres, sont alignées des armes réunies en faisceaux bizarres et curieux. Ici des revolvers forment une urne, là des épées luisantes simulent un peuplier ; ailleurs, des canons de fusil, des pistolets, des haches d'abordage, des harpons, des canons disposés de façon à imiter des arcades, un lustre, des fruits, des fleurs, des corbeilles.

On alla à la corderie.

Le long d'une galerie de trois cent vingt mètres de long sont tendus et filés les cordages. C'est un curieux spectacle que de voir travailler à la confection des câbles.

On passe ensuite dans un atelier de zingueurs et de forgerons. Là se trouve un marteau-pilon qui ne pèse pas moins de deux mille cinq cents kilogrammes.

Le long des quais sont rangés des canons de toutes les dimensions et de tous les modèles ; les boulets sont entassés en pyramides. Les obus forment de longues files.

On arrive au parc d'artillerie, où les canons se multiplient, où les boulets sont empilés par milliers.

Au centre d'une cour sont réunies les pièces russes prises à Sébastopol.

Pas loin de là, Léopold fut émerveillé, après avoir vu ces monstres de la destruction, d'apercevoir des lauriers-roses hauts de quatre mètres pousser en pleine terre et entr'ouvrir leurs boutons rouges au soleil.

Après avoir admiré les chantiers où l'on fabrique les mâts avec les sapins de la neigeuse Norvège, les amis passèrent devant les *cales* où l'on construit et répare des vaisseaux de guerre.

Et puis ce furent des magasins pleins d'armes encore inachevées, et d'autres renfermant des ancres en quantité, d'autres encore remplis de cordages, de fer, de câbles goudronnés, vieux ou neufs, d'agrès de toutes sortes.

L'ancien bagne est situé entre les deux darses. Il ne contient plus de forçats depuis longtemps, et n'a d'intéressant que ce souvenir lugubre.

L'arsenal renferme un musée remarquable.

Toutes les machines en usage dans les arsenaux, toutes les formes de vaisseaux, de voiles, d'ancres, de gouvernails, de mâtures et de ponts, tous les modèles imaginables d'embarcation, depuis la galère antique et le canot des sauvages des îles Mariannes jusqu'au *Suffren,* à la *Dévastation* et au *Magenta,* sont exposés dans les vitrines de ce musée.

On pourrait rester quinze jours sans tout connaître dans cet arsenal où plus de douze mille ouvriers travaillent quotidiennement.

Et cela ne suffit pas. Il existe deux autres arsenaux près de la ville.

L'arsenal du Mourillon est spécialement destiné à fournir aux besoins des cuirassés. Là se forgent des pièces de fer énormes. On y remarque aussi des bassins remplis de colossales poutres flottant sur l'eau. Ces bois doivent devenir ponts, coques ou mâts, et, grâce à l'eau qui les immerge, tout danger d'incendie se trouve écarté. Cette précaution simple et ingénieuse tout à la

fois fut prise à la suite d'un terrible incendie qui détruisit tout le dépôt des bois de construction maritime,
il y a près d'un siècle.

Le troisième arsenal, celui de Castigneau, contient

Un marteau-pilon.

une boulangerie qui peut cuire tous les jours la ra-
tion de 60,000 hommes. Là aussi on forge, on ajuste,
on cloue. Une immense cheminée de briques s'élève
au-dessus des magasins; elle a soixante-douze mètres
de haut. Plus loin est le parc aux ancres, le parc aux

houilles et le magasin des subsistances, **un bâtiment énorme.**

Dans la ville, les voyageurs virent à l'hôtel de ville les fameuses cariatides de Puget si souvent imitées par d'autres. Près d'un marché, au-dessus d'une porte d'habitation particulière, sont aussi deux lions attribués à Puget. Mais le plus bel échantillon de sculpture qu'on rencontre à Toulon se trouve dans l'église de Sainte-Marie-Majeure. C'est un groupe superbe de Veirier, un élève de Puget. Au-dessus de deux saints, un Dieu à barbe épaisse est au milieu de plusieurs anges d'une attitude charmante. La composition de ce marbre est un véritable chef-d'œuvre, et l'exécution en est magnifique.

Mais d'antiquités point !

En effet, au temps des Romains, *Telo* était une petite ville d'industrie. On y teignait les étoffes de pourpre. Aussi n'y voyait-on ni cirques ni théâtres.

Après les ravages des Barbares, Toulon se releva peu à peu et, utilisant sa magnifique situation, forma son port.

Ce fut sous Charles IX qu'on s'aperçut pour la première fois du parti qu'on pouvait tirer du port de Toulon et qu'on le fortifia. Mais la ville ne devint une véritable place de guerre que sous le règne de François Iᵉʳ. Sous Louis XIV, Vauban en fit un port de premier ordre ; c'est lui qui créa la seconde darse et l'entoura de forts.

Toulon passait pour imprenable.

Elle fut prise pourtant par les Espagnols et les Anglais

en 1793, grâce à la trahison des royalistes, qui n'eurent pas honte de livrer une ville de France pour essayer de combattre les républicains.

La reprise de Toulon par Bonaparte coûta beaucoup de sang. Les Anglais et les Espagnols s'enfuirent en brûlant la flotte française enfermée dans le port!

La Convention punit les lâches qui avaient livré Toulon. L'échafaud fut dressé, et plusieurs amis des Anglais expièrent leur crime.

DE TOULON A HYÈRES

En quittant Toulon, les amis eurent l'idée de gra-
vir les montagnes au pied desquelles s'étale cette
ville.

Ils partirent donc de bon matin en suivant une belle
route qui les conduisit jusqu'à la Valette, village entouré de champs de violettes et de fraisiers. A gauche
se dressait le mont Faron et ses forteresses, formant
une haute masse grisâtre tachée de vert sombre. Ce
sont des bois de pins plantés entre les roches nues. A
droite s'élève une montagne plus haute, le Condon.

Léopold voulut qu'on se dirigeât vers le sommet de
celle-là.

« A tant faire que de monter, dit-il, montons le plus
haut possible !

— Montons ! reprit Georges, cela m'est indifférent,
pourvu que ça ne soit plus en ballon. »

Pendant trois heures, ils suivirent un sentier pierreux, où le bâton ferré devenait utile.

Après avoir rencontré un château ruiné, les voyageurs se trouvèrent dans une forêt. Les arbres y croissaient serrés. Autant le sol avait été aride avant d'arri-

ver, autant la forêt paraissait d'une puissante végétation. Les lianes unissaient les branches des grands chênes qui se succédaient majestueux.

Parfois on rencontrait une hutte abandonnée par quelque charbonnier, mais on n'apercevait pas un seul être humain.

Après la forêt on rencontra une pente désolée peuplée de plantes grêles, puis un véritable désert.

Il ne fallut pas moins de deux heures pour atteindre le plateau de cette côte fastidieuse.

Mais là-haut, le spectacle fut merveilleux.

On était à sept cents mètres au-dessus du niveau de la Méditerranée.

Les côtes de France se dessinaient en une ligne immense, grise et violâtre au bord de la mer bleue.

A l'ouest se devinait Marseille, la Ciotat; les mille découpures de la côte l'indiquaient nettement.

A l'est on apercevait jusqu'aux rivages italiens.

Si l'on regardait au nord, les Alpes montraient leurs blancs sommets.

Au sud, sur l'horizon, entre la mer et le ciel, se détachait une ligne de brume légère : la Corse.

Le panorama était superbe.

Mais il fallait redescendre.

Le retour fut plus désagréable. Les pierres du chemin roulaient sous les pieds, retardant la marche, d'autant plus pénible que la chaleur était accablante, dans ce désert.

Deux heures après, c'était le retour à la Valette.

En bas, Toulon et ses rades.

Mais les amis ne retournèrent pas vers le port de
guerre. Ils avaient le sac au dos ; et comme la route
d'Hyères s'ouvrait devant eux, ils s'y engagèrent, et
en deux heures, après avoir parcouru un chemin constamment bordé d'oliviers, ils arrivèrent dans cette jolie
ville.

HYÈRES. — POMPONIANA

Le sol s'était transformé. Les jardins, plus nombreux, étaient plantés d'orangers, de chênes-lièges, de jujubiers, de citronniers, de figuiers et d'amandiers. Parfois, à côté de grands lauriers-roses se dressait un dattier haut d'une dizaine de mètres.

Au milieu même de la ville est une place plantée de hauts palmiers au panache énorme, au tronc gigantesque.

Dans les jardins poussent aussi des goyaviers, des néfliers du Japon, des cactus, des bignoniées, des balisiers et des cannes à sucre.

Hyères est située sur le coteau sud d'une montagne surmontée d'un plateau hérissé de vieilles tours crénelées. Au-dessus de cette ancienne forteresse commence la ville, qui contient des maisons curieuses et rappelant tout à fait le moyen âge.

La montagne de Fenouillet protège Hyères des vents du nord et lui vaut ce printemps éternel qui en fait un délicieux séjour et lui permet de rivaliser avec Nice, et d'attirer de nombreux étrangers.

Les deux voyageurs, après avoir admiré la situation exceptionnelle de la ville, la campagne riante et la plage magnifique, résolurent de parcourir les environs.

Les oliviers, que Léopold trouvait mesquins au nord d'Avignon, étaient maintenant de gros arbres vigoureux, et les orangers possédaient des branches touffues. Il n'en aperçut pas cependant de la grosseur de celui de Charles IX. En 1562, lorsque le triste héros de la Saint-Barthélemy vint en Provence avec Catherine de Médicis, ce roi et deux de ses amis réunis ne pouvaient de leurs bras entourer le tronc de certain oranger. A cette occasion, on grava sur l'écorce de cet arbre cette inscription latine :

CAROLI REGIS AMPLEXU GLORIOR.

(Je m'enorgueillis de l'étreinte royale de Charles.)

Coïncidence étrange : l'oranger mourut quelques jours après le passage du roi! La gloire lui avait été fatale. Ce bel arbre produisait quatorze mille oranges chaque année.

· Après avoir franchi de charmantes routes où croissaient des fleurs rares, et traversé de belles prairies, les deux amis descendirent une colline boisée.

Ils se dirigeaient vers les ruines de Pomponiana.

Peu de personnes connaissent ces ruines curieuses.

C'est en 1843 cependant qu'on découvrit la ville antique. D'abord on crut mettre au jour une ancienne maison de campagne. Mais les maisons étaient nombreuses, et les voûtes se succédaient sous la pioche des ouvriers.

On découvrait une Pompéï en France, une ville morte ensevelie tout entière et conservée par son enfouissement.

Des fragments de bas-reliefs, des statues brisées, des marbres de toute espèce, des urnes de toutes sortes, des amphores qui avaient servi à contenir du vin, des vases qui devaient avoir été remplis d'huile, des grossières poteries de ménage et des ustensiles propres à la cuisine, des médailles de différentes époques, mais surtout de l'empire romain, un puits, des murailles d'enceinte, des fresques, voilà ce qu'on mit à jour.

On était en présence d'une ville morte et complètement oubliée.

Et ce n'était certes pas un village de la côte. Ce devait être un port connu, car on découvrit un quai et des thermes dont les substructions se perdent dans la mer, mais qui étaient dues à de grands travaux.

On déterra également des aqueducs.

Toute cette ville est couchée sous un monceau de terre apportée peu à peu par le vent, et les arbustes ont poussé sur les ruines cachées. Une forêt de plantes couvre les antiques habitations. Les épaisses feuillées murmurent une plainte sans fin sur la ville antique, pendant que les flots de la mer viennent mourir sur le rivage désert.

Léopold était stupéfait de rencontrer en terre de France ces ruines d'une ville aujourd'hui absolument inconnue et dont le souvenir même est perdu.

Qui peut dire maintenant ce qu'était Pomponiana?

Qui peut dire le nom de ses fondateurs? Qui peut dire la cause de sa disparition?

Certes, il existait jadis une ville importante à cette place que la mer a conquise en partie, et cependant la tradition même ne peut nous informer de ce qu'était cette cité!

Ces vestiges de hautes murailles, ces peintures, ces pierres fouillées par le sculpteur, attestent le génie de l'homme qui a dompté la nature. Mais la mousse et le lierre qui couvrent ces pierres, la désolation de tous ces édifices cachés sous les herbes, attestent en même temps la toute-puissance de la nature reprenant à l'homme ce qu'elle lui avait prêté.

Ainsi que l'opulente Ninive que notre siècle a trouvée enfouie sous le sable du désert; ainsi que la joyeuse Pompéï dont nous arrachons les ruines aux cendres du Vésuve, Pomponiana se trouve ensevelie sous la terre, et l'on n'en a probablement rendu à la lumière du soleil qu'une faible partie.

Les archéologues voudraient arracher leurs secrets à ces monuments, mais leur muette silhouette ne laisse rien deviner. Quoi qu'il en soit, on a retrouvé ces décombres antiques, et l'on a cherché à leur assigner une date.

Quelques-uns, en examinant certains murs formés d'énormes pierres cubiques superposées sans ciment, attribuaient à la ville une origine grecque, faisant remonter Pomponiana au temps des constructions cyclopéennes. Mais ces massives murailles n'ont pas empêché beaucoup d'archéologues de ranger Pomponiana parmi les stations romaines de la côte. Peut-être était-ce alors une colonie massaliote que Rome s'appropria plus tard. Une brique trouvée dans une maison porte une inscription; on a cru y lire le nom de Domitien.

Il serait à souhaiter que de nouvelles fouilles pussent jeter un nouveau jour sur l'histoire de ces ruines curieuses.

« Tu vois, disait Georges, que l'on n'a pas besoin d'aller en Italie pour rencontrer des villes romaines abandonnées? »

Le lendemain, le peintre s'entendit avec un pêcheur, qui se chargea de les conduire aux îles.

« Je vous mènerai jusqu'à Gênes, si vous le voulez, leur dit ce brave homme; ma barque est solide, et ma voile est bonne. »

Il avait avec lui un gamin à peine vêtu d'un méchant pantalon qui laissait voir la peau, et qui, aux ordres de son père, tenait la barre, serrait les garcettes, prenait l'aviron avec l'habileté d'un vrai matelot.

Ils traversèrent la superbe rade à la nappe bleue comprise entre les îles de Porquerolles, la péninsule de Giens, les jardins de la ville et les rochers de la côte.

Deux frégates y mouillaient, car les plus gros vaisseaux viennent y relâcher. La mer y est profonde, et l'abri en est bon.

D'abord on débarqua à Porquerolles, la plus proche de la côte et toute couverte de chênes et de pins. C'est l'île que les anciens nommaient *Proté;* cet archipel s'appelait les *Stœchades.*

21

Au moyen âge on les nommait les *Iles d'or*.

Porquerolles est pleine de gracieuses vallées où les fleurs embaument l'atmosphère. Jadis on y rencontrait des sangliers, et c'est de là que lui vient son nom ; mais aujourd'hui ces animaux ont disparu de la contrée. C'est dans cette île que les troupes turques et les troupes françaises célébrèrent leur alliance en 1558. François Ier avait pour amis les musulmans, qui ne demandèrent pas mieux que de combattre Charles-Quint. Mais ces alliés étaient la terreur des habitants de la Provence, qu'ils pillaient de temps en temps tout en les protégeant.

Nostradamus a écrit la description de la fête du Ramazan qui eut lieu à Porquerolles à cette époque.

« Là, dit-il, les Turcs firent leurs pâques : le croissant de la nouvelle lune ne fut pas plus tôt aperçu, que toute leur artillerie, canons, bombardes et pierriers commencèrent à tonner, leur arquebuserie à se deslacher, nombre infini de flambeaux à être allumés, les sons de divers instruments en quantité d'être ouïs, avec des cris ou des hurlements tant désordonnés, mêlés et confus, qu'ils semblaient plutôt à hurlements de bêtes qu'à voix humaines et raisonnables. »

Nostradamus nous apprend que les Français s'étaient réunis aux Turcs « pour manière de plaisir et pour les saluer bravement », et ensuite « les deux ostes, au coup de l'aube, tirent ensemble à une plage à cinq milles de Toulon, vers l'est, et les Turcs y tiennent leur marché, qu'ils appellent en leur vulgaire bazar, mettant en vente leurs prisonniers ainsi que nous faisons de nos bêtes ».

Laissant Porquerolles et ses souvenirs, le bateau fit
voile vers l'île de Port-Cros.

Les bois y sont moins nombreux qu'à Porquerolles,
mais les côtes en sont pittoresques. L'île n'a qu'une
vingtaine d'habitants, vivant tous de la pêche et aussi
de la chasse, car le gibier n'y manque pas. Un chas-
seur adroit peut, en une journée, y tuer autant de per-
drix et de lièvres qu'il en peut porter.

Après Port-Cros et Bagaud, un îlot voisin, la barque
cingla sur l'île du Levant, la dernière de l'archipel.

Elle ressemble beaucoup à Porquerolles par sa
chaude végétation, par ses vallées riantes et aussi par
ses dimensions.

Mais ni Georges ni Léopold n'eurent envie d'y faire
une longue station.

Georges reparlait de retourner vers Hyères, mais
Léopold demanda au batelier si l'on ne pouvait pas
débarquer dans un autre endroit du littoral.

Le brave homme avait dit qu'il les conduirait jusqu'en Italie, mais il hésitait, de peur d'être pris au mot.

Léopold lui demanda s'il pouvait aller seulement
jusqu'à Saint-Tropez. Il accepta. La brise était favorable, et l'on partit sur la mer azurée.

Toute la journée avait été passée sur l'eau.

Au déclin du jour, le cap des Salines était dépassé,
et l'on fit voile dans le golfe de Grimaud. Bientôt
apparurent les quais de Saint-Tropez, aux maisons
bizarres.

SAINT-TROPEZ

Pour ceux qui entrent dans cette ville du côté de la mer, le spectacle est en effet curieux.

Les habitations qui bordent le port offrent une singulière architecture. Les murailles du rez-de-chaussée sont inclinées de façon à former avec le premier et le second étage une courbe rentrante. A droite et à gauche de ce port se dressent les tours bâties par le roi René et aujourd'hui à demi détruites.

C'est sur le port même que se logèrent les deux voyageurs.

Ce port, qui a environ dix hectares d'étendue, est protégé au nord par une jetée et, grâce à ses eaux profondes, peut recevoir de grands vaisseaux de guerre.

Mais c'est le commerce qui anime les quais.

Les bois, le vin, le miel, le liège surtout, s'exportent par Saint-Tropez. En automne, les balles de marrons encombrent les quais. On y voit aussi des roseaux et de nombreux estagnons d'huile.

Les amis ne s'arrêtèrent pas à visiter les environs de la ville, qui paraissaient pourtant aussi beaux que les environs d'Hyères.

Ils devaient penser à rentrer à Paris. Il y avait plus d'un mois qu'ils étaient partis.

Mais ils voulurent voir toute la Provence, comme ils se l'étaient promis, et ce n'était pas au cœur même du pays, au milieu des sites les plus merveilleux, qu'ils avaient envie d'arrêter leur excursion.

Ils partirent à pied à travers une campagne où les oliviers étaient d'une taille, colossale, et atteignirent une riante bourgade : Cogolin. Puis ils passèrent à Grimaud.

Rien de curieux comme les habitations de cette vieille ville. On y aperçoit des fenêtres ogivales qui rappellent le treizième siècle, et aussi des terrasses latines ; plus loin, de blanches maisons au style oriental qui datent de la domination sarrasine. Pour compléter l'aspect mauresque de ce quartier de la ville, des palmiers élevés, vieux de deux cents ans, et des aloès énormes.

Nos amis parcoururent la plus belle partie de la Provence, l'ancienne possession des Maures, où ceux-ci purent se croire encore en Afrique, sous le soleil ardent qui chauffe la sève d'une végétation somptueuse.

Ils suivirent une route qui montait vers des bois de pins. Ils laissèrent Grimaud et ses vergers pour s'enfoncer dans la forêt.

La nature prit bientôt un aspect plus sauvage. Les chênes-lièges couvraient les montagnes dont les voyageurs suivaient les sentiers.

Ils marchèrent longtemps sous la voûte feuillue de la forêt ; puis ils rencontrèrent une ville qui est une

véritable fabrique d'articles en liège : la Garde-
Freinet.

La moitié des habitants de cet endroit s'occupent
des bouchons, les taillent, leur donnent la forme, les
comptent et les expédient en France et à l'étranger.

La Garde-Freinet est l'ancien château de Fraxinet,
centre d'opération des Sarrasins en ce pays.

Les voyageurs allèrent visiter les ruines de ce château, placées sur un rocher escarpé d'un côté et complètement à pic de l'autre.

C'est là que les Maures concentraient leur butin
pour le transporter en Afrique, par leur port de Saint-
Tropez.

Souverains maîtres du pays, ils pillaient les environs
avec d'autant plus d'assurance que leur château passait pour imprenable parmi les chrétiens terrifiés.

Leurs atroces ravages, leurs cruautés épouvantables,
firent oublier aux populations effarées les souvenirs
pourtant terribles des invasions germaines. Les comtes
d'Arles combattirent héroïquement les farouches bandits. Vers la fin du dixième siècle, Guillaume, fils de
Bozon, délivra le pays d'une nombreuse troupe de Sarrasins qui mettaient tout à feu et à sang. Les Arabes
se tenaient enfermés dans leur repaire de Fraxinet.

La Provence frémissait de terreur devant cette poi-
gnée de musulmans, fléau de la contrée. Guillaume
voulut que son autorité, raffermie par un coup hardi,
se parât aux yeux du peuple de l'éclat d'une victoire.
D'abord son frère Rotbold commença la campagne.
Un chef maure, trahissant les siens, était venu le trou-

ver; on le nommait Aymon. La troupe de Rotbold, guidée par cet Aymon, s'avança vers leur repaire. Le silence qu'elle gardait n'était interrompu que par le bruit des pas dans des chemins rocailleux. Après de multipliés détours dans la montagne, elle se trouva en face de ce Fraxinet qu'entourait tant d'épouvante. Sur ces murs apparaissait une redoutable file de têtes coupées. On eût dit l'antre où un énorme tigre, fatigué de carnage, aurait aimé à se retirer pour s'endormir sous le poids d'un horrible festin.

Rotbold adressa ces courtes et énergiques paroles à ses soldats : « Frères, nous voici dans les terres des infidèles ; il est temps de combattre pour le salut de nos âmes ! » La bataille bondit, dans toute sa force, sur les crêtes menaçantes. Aux cimes aiguës des monts, sur les flancs décharnés des rochers, aux pointes des ronces, la bande infernale se suspendit, flamboyante et hideuse, à la lueur des cimeterres orientaux. Les tigres étaient forcés dans leur caverne. Ce Fraxinet, monument de terreur, phare allumé par des génies infernaux, s'élevait au milieu de cette mêlée de chrétiens et de Maures, comme un rocher puissant, témoin muet du courroux des Gots.

Des femmes, des enfants, ravis aux terres provençales, attendaient avec terreur le dénouement du drame qui se jouait au bas des tours sarrasines. Maures et chrétiens s'entr'égorgèrent, attachèrent les lambeaux de leur chair aux pierres sanglantes, aux buissons épineux, sans résultat décisif, et Rotbold vint dire à Guillaume que la Provence n'était point vengée.

Guillaume jura alors l'extermination de ces Barbares. Partout fumaient les traces de leurs ravages ; un deuil affreux couvrait les villes et les champs. Ce n'était plus l'invasion rapide qui détruit et qui passe, la horde inattendue, météore subit, dont la course s'éteint dans un incendie de quelques heures ; c'était la permanence d'une guerre qui, avec tous les maux d'une irruption de Barbares, s'acharnait sur le sol et rugissait sans cesse autour des cités consternées. Les chartes de ces temps lamentables racontent d'incalculables maux. Le moine qui a écrit la Vie de saint Mayeul interrompt son récit pour étaler des scènes de carnage. La ville fortifiée voit s'abattre dans son enceinte les bandes sarrasines partout victorieuses. Ainsi Toulon pleura longtemps ses malheurs au souvenir de l'invasion musulmane. Fréjus garda longtemps sur ses murs les traces de la brèche et de l'incendie ; ses chartes-annales, rédigées par les évêques et les moines et dont la ville était si fière, disparurent dans les flammes.

La Provence se mourait ; les villages, les villes peu fortifiées, étaient déserts ; les ravageurs mahométans semaient partout la mort et la terreur. Depuis longtemps aucune main puissante ne se levait plus pour saisir dans son aire le vautour africain. Guillaume seul se décida à lui arracher ses griffes. En 972, il s'avança jusqu'au pied de ce Fraxinet où la horde vaincue dans deux combats s'était réfugiée, confiante dans ses murs imprenables.

Le comte d'Arles osa donner l'assaut ; ses courageux

hommes d'armes s'élancent sur ces tours que les rocs soutenaient, les ébranlent au choc furieux des béliers, y pratiquent de larges brèches, entrent dans des murs béants. Les bandits sarrasins laissèrent leurs cadavres calcinés au milieu des ruines de la forteresse incendiée. Ces souvenirs, échangés en une longue causerie par nos touristes sur les lieux mêmes qui avaient été témoins de ce terrible combat, les avaient profondément impressionnés, et ils eurent quelque peine à quitter ces ruines, qu'ils ne se lassaient pas de considérer.

Après la Garde-Freinet, où les amis déjeunèrent, la route devint plus facile. Ils descendaient vers la vallée d'Aille.

Les bois se firent plus rares, et les campagnes fertiles se montrèrent de nouveau.

La plaine s'étendait au loin. Les vignes étaient nombreuses, et les ceps d'une grosseur qui étonnait les touristes. Ces vignes poussent comme de véritables arbres, hauts d'un mètre cinquante et parfois de deux mètres. D'énormes grappes noires pendaient.

Vers la fin du jour, on atteignait Vidauban, un village situé au bord de l'Argens.

Les amis, fatigués de cette longue route, se reposèrent dans cet agréable bourg.

Ils apprirent que près de là se trouvait un *pont naturel*.

Peu renseignés par ce seul mot, ils allèrent voir, le lendemain, ce que pouvait être ce pont naturel.

Il était situé loin de tout village, à une heure de Vidauban.

22

Les voyageurs ne regrettèrent pas d'avoir fait cette excursion. Un spectacle des plus grandioses s'offrait à leur vue. La jolie rivière de l'Argens, formant subitement une cataracte, se précipite avec un fracas épouvantable sur une masse de rochers où l'eau se brise en mille étincelles d'écume.

Une sorte d'arcade formée naturellement par les roches sert de pont.

En bas, les eaux s'écoulent entre les rochers, creusant des cavernes et s'engouffrant sous la terre pour ne reparaître sous le soleil que deux cents mètres plus loin.

Les amis, s'accrochant aux pins qui flanquaient le précipice, descendirent vers les rochers sur lesquels s'abîmait l'Argens et rencontrèrent une caverne qu'on prétend avoir servi de refuge à quelques chrétiens fuyant les Sarrasins.

Léopold resta une longue heure à dessiner le merveilleux paysage.

Cette cataracte de l'Argens est ignorée de beaucoup de voyageurs, mais elle est cependant digne d'attirer l'attention des touristes et de tous ceux qui aiment à contempler les splendeurs de la nature.

Après avoir joui du spectacle, ils regagnèrent Vidauban. Le chemin de fer y passe.

Les amis, qui ne se souciaient guère de visiter Draguignan, résolurent de se rendre immédiatement à Fréjus, la dernière ville aux souvenirs romains qu'ils tenaient à voir.

FRÉJUS

Fréjus est une des plus anciennes villes maritimes de France.

Quand les Romains établirent des colonies en Provence, ils s'attachèrent à les fixer dans des lieux où déjà des cités gauloises s'étaient élevées ; mais bientôt l'aspect barbare des villes celtiques ainsi occupées disparut sous les monuments durables que les conquérants édifièrent. C'est ce qui arriva à Fréjus, que l'on s'accorde à reconnaître comme une cité de la tribu des Sultériens. Lorsque les Romains occupèrent ce pays, ils durent y trouver une ville à l'endroit même où ils placèrent leur colonie, et César ne fit qu'y ajouter des maisons et commencer le port, qu'Auguste acheva.

Et cependant on n'y rencontra aucune trace des quais qui durent autrefois y exister.

Où est ce port que fit creuser César ? Où est le phare que fit construire Auguste ?

Tout a disparu.

L'Argens, en apportant ses alluvions, a comblé le port et conquis une partie de la Méditerranée.

Il y a deux siècles, la ville était au bord de la mer, et elle en est maintenant éloignée d'un kilomètre et demi.

Comme la Camargue, la plaine est formée par les atterrissements du fleuve, mais elle est beaucoup plus fertile.

Léopold et Georges se promenaient dans l'antique *Forum Julii*, qui avait presque autant d'attraits pour eux que la ville d'Arles.

Le jour même de leur arrivée, ils se rendirent vers les ruines de l'Aqueduc.

Auguste, après avoir terminé le port de Fréjus, voulut amener à cette cité les eaux vives des sources de Siagne. Un aqueduc superbe, dont les arcades traversaient sept lieues de campagne, fut construit et forma l'un des plus beaux monuments de cette ville. Le temps l'a fait presque entièrement disparaître. Quelques arcs mutilés ont seuls survécu à l'un de ces ouvrages où se manifestaient à la fois la prévoyance et la grandeur de Rome.

Des piliers hauts de près de vingt mètres et disparaissant sous une épaisse population de plantes grimpantes subsistent encore à l'endroit où l'aqueduc aboutissait dans la ville. Les arcades n'étaient point aussi hautes sur toute la longueur du monument : tantôt, franchissant un vallon peuplé d'amandiers, l'aqueduc élevait ses voûtes à une grande hauteur au-dessus des branches; tantôt, passant sur une colline, sa plate-forme se trouvait presque à ras du sol, au niveau des maigres pousses des lavandes, parfois même enfoncée sous terre. La destination même de ce monument le voulait ainsi construit pour amener dans la cité les eaux prises à des sources sur des collines; il devait

présenter, de la source où naissaient les eaux, à la
citerne où elles se déversaient dans la ville, une pente
douce et uniforme sans hauts ni bas, une sorte de pont
de niveau sans cesse décroissant, allant des sources
à la ville, à travers plaines, collines et vallées, au-
dessous duquel se creusaient les ravines, atteint et
parfois recouvert par les terrains élevés.

Le port, le phare et l'aqueduc furent les travaux
d'utilité qui firent de Fréjus une ville importante ; un
théâtre et un amphithéâtre, images raccourcies du
Colisée romain, le décorèrent ; un palais antique, aux
ruines duquel on donne encore le nom de Panthéon,
étala ses colonnades, ses sables et ses galeries de marbre au sein de la colonie aimée d'Auguste. Les restes
de ce palais se font encore admirer à cinq cents pas
de la ville ; l'épaisseur de ses murs est considérable ;
les fenêtres s'élargissent en dedans et se rétrécissent
en dehors, de manière à laisser passer beaucoup de
jour et peu de soleil, utile précaution sous cet ardent
climat ; de grands arcs aux cintres majestueux en sou-
tiennent les voûtes ; dans les murs sont creusées des
niches, où sans doute des idoles avaient été placées.

Des ruines attestent aussi l'existence des thermes
de Fréjus.

Les Romains de l'époque impériale, grands amis de
leurs aises, ne négligeaient pas les avantages d'hygiène
et de bien-être que donne le bain ; mais, loin de se
contenter de notre vulgaire bain froid ou de la mes-
quinerie de nos baignoires, ils y avaient apporté de
nombreux raffinements. Les thermes étaient des bains

chauds avec étuves et salles d'aromates, dont nos bains
de vapeur ne sont qu'une imitation rudimentaire. Il y
avait, outre les bains, des salles de repos, de musique
et de conversation, et de spacieuses cours bien ombra-
gées et ornées de portiques pour la promenade.

Un espace avait été ménagé entre ces bains et un
mur qui s'élevait au nord, et c'était dans cet endroit
que la jeunesse s'adonnait aux exercices gymnastiques.

Une grande quantité de pierres volcanisées se mê-
lent à ces débris; sans doute, à une époque bien anté-
rieure à la civilisation romaine, peut-être même à
l'occupation gauloise, quelque volcan a dû noircir de
ses laves et de ses feux les lieux voisins de Fréjus.
Le port de cette ville était le quartier général de la
flotte qu'Auguste chargea de protéger, contre la pira-
terie, le commerce et les côtes de la Provence. Dans la
suite, la flotte romaine cessa de stationner dans ce port.
Fréjus, au milieu des troubles qui déchiraient l'empire, fut abandonné. Son port, aujourd'hui totalement
disparu, était encore fréquenté au neuvième siècle. Au
huitième siècle, la ville était encore couverte de tous
ses édifices en assez bon état : les grandes lignes de
l'architecture romaine se dessinaient à son horizon;
mais les incursions répétées des pirates normands et
sarrasins portèrent l'incendie et la destruction dans la
ville; la cité fut ruinée, les monuments détruits, et les
ouvrages où le génie de Rome s'était si longtemps
conservé disparurent.

Les amis s'assirent sur un tronc d'arbre mort, au
bord d'un sentier, au milieu d'un bouquet de bois.

Tout en causant, Georges eut les yeux attirés par une pierre de forte taille; la lettre V y était gravée.

Avec un couteau, il creusa la terre autour de la pierre, et d'autres lettres apparurent.

« Serions-nous à la piste d'une importante découverte?

— Je ne sais, dit Léopold, si tu es devenu un nouveau Winckelmann, mais ce qu'il y a d'évident, c'est que jamais, à nous deux, avec nos bâtons et un simple couteau, nous ne pourrons venir à bout de notre entreprise.

On se rendit donc à Fréjus, où l'on prit deux paysans qui, armés de pioches, s'en vinrent au sentier.

Ces braves gens se demandaient avec étonnement ce que pouvaient vouloir les voyageurs.

Ils creusèrent néanmoins la terre.

Peu à peu, la pierre se dégagea.

Il n'en fallait pas douter, c'était un tombeau. L'inscription était rongée par le temps, mais on découvrit encore plusieurs lettres. Voici ce qu'on pouvait lire :

```
.... Æ... DOM....
.... D..... OM....
F.R..... VLI.....
```

Mais ce qui devint curieux, ce fut l'intérieur du sépulcre.

Deux vases de grès de belle forme y furent trouvés, ainsi que trois pièces de menue monnaie à l'effigie de Tibère.

Il était donc évident qu'on se trouvait en présence
d'un tombeau du premier siècle.

Le bruit de la trouvaille se répandit aussitôt.

Le maire vint voir la tombe, et félicita les amis.

Malheureusement, la pierre était de mauvaise qua-
lité, et l'inscription peu compréhensible. On lui donna
cependant plus d'un sens. La dernière ligne seule rece-
vait une interprétation admissible :

FORUM JULII.

Les amis ne surent pas ce que devint la pierre, mais
les vases, avec leur autorisation, furent transportés à
la bibliothèque de la ville et placés dans une vitrine
avec cette mention :

VASES DU PREMIER SIÈCLE.
Don de M. Georges Lameuze.

Cette trouvaille avait fait de nos jeunes gens deux
personnages, et les notables de la ville voulurent à
toute force les piloter dans leur visite aux arènes.

Elles ne sont pas aussi vastes que celles d'Arles, et
le monument n'est pas aussi bien conservé, mais on
admire encore de beaux restes.

De nombreux vestiges d'anciens remparts se rencontrent dans la campagne où se trouvait la ville antique. Là sont des tours ruinées; ici, les arcades d'un
fort; plus loin, une massive construction au ras du sol,
qui est peut-être ce qui reste du quai; à côté, des murs

Citadelle de l'île Sainte-Marguerite.

qui devaient servir à défendre le port, et, tout près, la base d'une tour octogone, qui était peut-être un phare, d'autant plus qu'on l'appelle la lanterne d'Auguste.

Quelle que soit la direction qu'on prenne en sortant de la ville, on rencontre des souvenirs romains; et d'abord, la porte Dorée, qui a conservé intacte son arcade, attire les regards. Il est dommage qu'on l'ait restaurée avec peu de goût. Le théâtre offre aussi de curieuses ruines.

Les amis allèrent ensuite à Saint-Raphaël, qui est le véritable port de Fréjus aujourd'hui.

Les voyageurs retrouvaient les eaux calmes de la Méditerranée, mais ils ne s'arrêtèrent pas.

Ils avaient résolu de prolonger leur pérégrination encore trois ou quatre jours. Il fallait se hâter si l'on voulait voir Nice.

Les amis montèrent donc en chemin de fer, et prirent deux billets pour cette station, la dernière de l'ancienne Provence.

La route qui conduit à Nice offre un panorama merveilleux.

Presque continuellement, le train suit le bord de la mer, sur un chemin construit dans le flanc même des rochers, où viennent se briser les lames.

On admire le golfe de la Napoule, et puis Cannes, environnée de villas splendides, peuplée de milliers d'orangers.

Cannes, qui possède plus de onze mille habitants, n'était qu'un pauvre village de pêcheurs il y a cent ans.

Devant Cannes, on aperçoit les îles de Lérins, Saint-

Honorat et Sainte-Marguerite, où fut enfermé le mystérieux homme au masque de fer.

Dans ces parages, l'air est embaumé de parfums délicieux ; l'heureux climat de ce beau pays y fait pousser des fleurs en abondance. Au lieu de blé ou de maïs, les paysans cultivent les roses, les violettes, les orangers, les tubéreuses, qu'ils vendent aux fleuristes de Paris et de l'Europe entière et aux parfumeurs. Cette contrée est un immense parterre, et la campagne est partout fleurie.

La voie suivie par le train qui emportait nos amis était bordée des deux côtés de haies de rosiers en fleur.

Après quelques heures de voyage à travers ce paradis terrestre, le train atteignit le golfe Juan, en côtoyant la mer.

Bientôt Antibes apparut, puis Cagnes.

Enfin, l'on traversa le Var, montrant son large lit à sec.

Les bosquets d'orangers, les hauts oliviers, les citronniers, indiquaient qu'on approchait de Nice.

En effet, les amis ne tardèrent pas à débarquer dans une gare très belle et très animée.

NICE ET MONACO. — LE RETOUR

Nice, la ville de plaisance, où se donnent rendez-vous tous les Européens en villégiature, est admirablement située sur la Méditerranée.

La cité est coupée en deux parties par le Paillon, une rivière presque toujours sans eau et couverte par des maisons splendides vers son embouchure.

Par ses monuments, la ville n'a rien de bien extraordinaire. Son climat et sa situation splendide en sont les plus belles parures.

Nice fut toujours cosmopolite.

Ligures, Phocéens, Gaulois et Massaliotes concoururent à sa fondation.

Nicé, nom grec qui signifie « la ville de la victoire », prospéra peu à peu entre *Antipolis* et *Portus Herculis*, malgré la concurrence de *Cimiès*.

Après les désastres des invasions, vers le dixième siècle, Nice s'érigea en république, et rivalisa avec les ports de Marseille, de Barcelone, de Gênes et de Livourne. Puis elle tomba sous la domination des comtes de Provence. A cette époque, son château, dominant la côte, était une des plus redoutables forteresses de la Méditerranée.

Après des luttes continuelles, Nice fut bombardée par les troupes et les vaisseaux du musulman Barbe-rousse, l'allié de François Iᵉʳ. C'est pendant ce siège que se distingua Segnorana, une femme du peuple, qui courageusement s'élança contre les assiégeants, se précipita vers un porte-drapeau turc, tua l'homme et, brandissant la hampe de l'enseigne, revint vers ses compagnons, dont elle ranima l'ardeur. L'assaut fut re-poussé. Mais Nice se rendit bientôt, car les remparts étaient détruits, et la famine se faisait sentir. Le traité signé évitait les horreurs du pillage. Mais cela ne satisfaisait point les Ottomans, qui, au mépris de la foi jurée, pénétrèrent nuitamment dans la ville et, enfonçant les portes des maisons, s'emparèrent de toutes les jeunes femmes, de tous les adolescents et de tous les enfants. Barberousse fit entasser ces captifs, au nombre de deux mille cinq cents, dans ses galères, qui cinglèrent vers les côtes d'Afrique. Heureusement pour les prisonniers, la flotte espagnole rencontra les galères musulmanes et put reprendre tous les captifs niçois, qui furent rendus à leur patrie.

Après cette dure épreuve, un désastre encore plus grand devait assaillir la malheureuse cité. Au sei-zième siècle, la peste se répandit rapidement dans tous ses quartiers. Trente ans plus tard, le fléau reparut plus terrible encore, et la mort faucha plus de cinq mille âmes!

Au commencement du dix-septième siècle, la pros-périté reparut. Le port devenait trop étroit pour rece-voir les nombreux navires qui s'y donnaient rendez-vous.

Monaco en 1865.

Il y eut alors une rivalité funeste entre Gênes et Nice. On en vint même aux armes, et Gênes eut la victoire.

Nice dépendait du duché de Savoie et, avant d'être annexée à la France, faisait partie, on le sait, de la couronne d'Italie.

Aujourd'hui, cette ville possède encore un port de commerce important. Mais elle est surtout réputée pour le séjour qu'y font en hiver de riches étrangers et beaucoup de Français. C'est la ville à la mode, la ville de luxe par excellence.

A côté de l'antique Nice située sur la rive gauche du Paillon, s'étend une nouvelle cité toute pimpante avec ses maisons neuves, ses hôtels luxueux, ses jardins splendides. C'est cette dernière partie de Nice qui attire les visiteurs. C'est là qu'on a planté un jardin de magnifiques palmiers. On trouve aussi des palmiers sur une longue promenade qui borde la mer et d'où l'on jouit d'une vue admirable.

Léopold demanda à visiter le musée, mais il n'y rencontra qu'une collection d'animaux empaillés. Il ne vit aucune peinture.

Georges eut plus de chance, car dans une collection particulière il put admirer des vases antiques fort rares, des armes et des médailles provenant de Cimiès.

On montra aux amis la maison où le célèbre violoniste Paganini avait rendu le dernier soupir.

La statue de Masséna qui s'élève sur une place apprend que le général était né à Nice. Parmi les hommes célèbres que cette ville a vus naître, on cite aussi Carle Vanloo, Blanqui et Garibaldi.

Les deux amis quittèrent Nice et furent bientôt à Monaco, leur dernière étape.

La vue de cette ville est extrêmement pittoresque.

Ce paysage merveilleux produisit une véritable stupéfaction sur Léopold.

En haut d'un gigantesque rocher à pic sur la mer, surgissent des panaches de verdure parmi lesquels on aperçoit des maisons blanches et la résidence du prince. Le rocher, depuis sa base jusqu'à son extrémité supérieure, est planté d'arbustes aux formes étranges, et surtout de figuiers de Barbarie.

Les figuiers de Barbarie qui peuplent les rochers monégasques passent pour avoir été importés par un moine qui revenait de Tabarca, l'îlot tunisien. Il rapporta six boutures de cette plante et les fit prospérer à Monaco. Les plants ne tardèrent pas à se propager, et aujourd'hui ces arbustes sont fréquents sur tout le littoral.

A côté des figuiers de Barbarie, croissent les cactus, les aloès, les géraniums, les euphorbes arborescents.

La vue de la presqu'île de Monaco rappela à Léopold des vers de Théodore de Banville qu'il avait lus jadis, et il les trouvait justes :

> Sur cette belle terre inculte
> Qui, sous prétexte de présent,
> Nous offre, avec un air d'insulte,
> Ses oliviers de trois cents ans ;
> Parmi les gradins pittoresques
> Où, pour faire peur aux enfants,
> Tous ces caroubiers gigantesques

Monaco en 1880.

Prennent des poses d'éléphants ;
Dans cet air doux et balsamique
Où, sous leur luxe oriental
Des rosiers d'opéra-comique
Ont l'air de s'en aller au bal.

. . . .

Tous les éloges du poète sont mérités. Léopold s'en apercevait. Au pied de la cité monégasque est le casino de Monte-Carlo, qui, sous prétexte de musique, de cabinet de lecture, de promenade, constitue le dernier tripot d'Europe. Chassé d'Italie, d'Espagne, d'Autriche, d'Allemagne, de France et d'Angleterre, le jeu s'est réfugié sur la principauté.

C'est là, dans un hôtel splendide ouvert à tout venant, que l'on spécule sur cette passion fatale de l'homme.

Combien de fois la belle mer bleue a-t-elle englouti des désespérés qui s'étaient ruinés au casino? Combien de fois les échos ont-ils frémi des coups de revolver que se tiraient de pauvres diables au sortir de la table de roulette?

Monaco ne s'en vante pas, mais il y a presque tous les jours un suicide dans ses murs.

Les amis virent avec dégoût la salle de jeu et préférèrent se promener sur les superbes terrasses de Monte-Carlo et sur toutes ces rives enchantées d'où l'on aperçoit sous le ciel bleu un si admirable spectacle.

Mais le voyage était terminé.

Léopold Suters et Georges Lameuze étaient partis de Paris depuis plus d'un mois, et il fallait rentrer.

Du moins ils revenaient chez eux heureux de leurs zigzags en Provence.

Georges rapportait un carnet rempli de notes sur les édifices de l'antiquité et sur l'architecture romane.

Il avait pu apprécier cet art roman qu'il avait cru jusqu'alors un art de transition, mais qui est bien en vérité un art ayant un caractère distinctif.

Il en avait examiné les diverses transformations en comparant les divers monuments depuis les petites et anciennes églises de certains villages, jusqu'aux cloîtres aux riches sculptures (comme celui de Saint-Trophime d'Arles) où sont prodiguées les ornementations d'un goût délicat.

Il avait reconstitué l'art du dixième au douzième siècle et se montrait enchanté de cette étude comme de tout son voyage en général. N'avait-il pas découvert lui-même un monument?

Quant à Léopold, il était tout aussi content que Georges. Son album rempli de croquis, une vingtaine d'ébauches ou d'études, de nombreux et profonds souvenirs, lui constituaient un vaste champ de travail.

Et n'avait-il pas fait, lui aussi, une découverte : son tableau de Téniers?

Enfin les deux touristes rentrèrent à Paris ravis de leur pérégrination et très décidés à en entreprendre une pareille dans quelque autre province de France aussitôt qu'ils le pourraient.

FIN

TABLE

SOCIÉTÉ ANONYME D'IMPRIMERIE DE VILLEFRANCHE-DE-ROUERGUE
JULES BARDOUX, DIRECTEUR

Contraste insuffisant

NF Z 43-120-14

www.ingramcontent.com/pod-product-compliance
Lightning Source LLC
Chambersburg PA
CBHW070846030726
47504CB00005B/1233